给年轻人讲
传统格律诗词

梁承玮 著

团结出版社

图书在版编目（CIP）数据

给年轻人讲传统格律诗词 / 梁承玮著 . -- 北京：
团结出版社 , 2022.8
　　ISBN 978-7-5126-9535-1

　　Ⅰ . ①给… Ⅱ . ①梁… Ⅲ . ①古典诗歌 - 诗歌欣赏 -
中国 - 青少年读物 Ⅳ . ① I207.2-49

中国版本图书馆 CIP 数据核字 (2022) 第 140866 号

出　版：团结出版社
　　　　（北京市东城区东皇城根南街 84 号　邮编：100006）
电　话：（010）65228880　65244790（出版社）
　　　　（010）65238766　85113874　65133603（发行部）
　　　　（010）65133603（邮购）
网　址：http://www.tjpress.com
E-mail：zb65244790@vip.163.com
　　　　tjcbsfxb@163.com（发行部邮购）
经　销：全国新华书店
印　装：三河市东方印刷有限公司

开　本：145mm×210mm　32 开
印　张：6.25
字　数：115 千字
版　次：2022 年 8 月　第 1 版
印　次：2022 年 8 月　第 1 次印刷

书　号：978-7-5126-9535-1
定　价：48.00 元
　　　　（版权所属，盗版必究）

前　言

我国传统文化历史悠久、博大精深，是一座丰富多彩的精神文化宝库，更是我们延续和发展中华文化、促进人类文明进步的指路碑。

我国每个历史时期都各自具有鲜明时代特色的文化形式。唐宋诗词是其中最重要、最璀璨的组成部分，也是中华民族精神风貌的展现，更是传统格律诗词发展的高级阶段。唐宋诗词作品题材广泛，言志、述事、达情等无所不备。激昂慷慨的爱国诗词、悲壮幽深的怀古咏物诗词、缠绵悱恻的抒情赠别诗词、闲适通达的山水田园诗词等无一不体现普世人性的至善至美，无一不体现韵律的和谐优美、文字的精练隽永、含意的深邃传神……

由于特殊的历史原因，传统文化一度衰落，有些重要的传承甚至中断。近年来，政府强调文化自信并自觉承传优秀传统文化，教育管理部门一再督促各级教育系统具体落实好大、中、小学的语文课程教学工作，并大量增加了教材中古诗词的分量。中央和各地的电台与媒体积极跟进,诗词讲坛与诗词朗诵比赛蔚起,都是令人欣喜的事。

就传统诗词来说,中小学语文教材和媒体诗歌频道往往只注重讲解和背诵一首首唐宋诗词,这是必要的,它们发挥了普及与提高学习兴趣等积极作用。但是,在传承优秀传统文化过程中学习唐宋诗词,我认为最重要的是吸取其教化作用:陶冶性情,美化灵魂,提高品味,也就是帮助读者塑造正确的人生观和价值观。课文虽有老师初步讲解,但真正的体味还要靠自己。正所谓"师傅领进门,修行在个人"。为此,作为个人,首先就是要有读懂、理解和欣赏的能力。这个能力,就是俗话说的"授人以鱼,不如授之以渔"中的"渔"。"渔"就是捉鱼的方法、知识和能力。因此,本书撰写的目的就是辅导青少年读懂古典诗词,欣赏古典诗词的美感和意蕴,掌握古典诗词的写作技巧。这就与此前坊间所有诗词鉴赏书籍及媒体讲解的内容有很大的不同了。

古人的文学作品,尤其是唐宋诗词,都有所属时代的文字特质、认知习惯和写作方法。系统地了解这些基础知识是读懂的第一步,也就是必备的第一个"渔"。由于本书以青少年读者为主要阅读对象,内容不能过于庞杂生涩,所以在写作过程中有意把唐诗、宋词发展的沿革、流派、声病以及诗论、词论等内容一带而过。第二个"渔",就是如何欣赏,如何深入理解一首诗词的含义,如何体会其中的趣味和美感。为此,本书用比较的方法从不同角度列举了很多例子,供读者们参考和融会。

我93周岁了,虽然不是专业的古典诗词研究者,但从小接受传统文化教育,再加上一生对传统文学的爱好和创作实践,才敢动笔写这样一本小书。

　　书中的部分书法插图系家兄梁承彦（书法家、湖南长郡中学优秀老教师）及我的朋友武尔谦先生（天津优秀高级老教师、硬笔书法高手）所赐，为本书增色不少，并此致谢。

梁承玮
2022年壬寅春于北京复康南里积微小屋

千里之行始
於足下

九三變

梁永律

目　录

第一章 唐诗

唐诗、宋词是格律诗、词的最高代表。

俗话说"熟读唐诗三百首，不会作诗也会吟"。让我们就从《唐诗三百首》开始，同大家一起看看唐诗的面貌。

一、概　述

《唐诗三百首》(蘅塘退士编)成书于清乾隆年间,实际是303首,包括从初唐的骆宾王(638—684)、王勃(650—676)到晚唐的杜荀鹤(846—904)等77个诗人的作品。作品涵盖五古(32首)、七古(28首)、乐府(或乐府诗,有五言、七言等,共34首)、五律(80首)、七律(51首)、五绝(29首)与七绝(49首)等诸种体式。它基本浓缩了唐诗的精华。

律诗(句)与绝诗(句)遵循严格的格律称近体诗,以别于相对松散的其他古体诗(五古、七古、乐府,古体诗亦称古风)。

近体诗的格律是指其在格式(体制或形式,句数及每句字数)、平仄、对仗、押韵等方面必须遵守一定的规律,所以近体诗也称格律诗或今体诗(与古体诗相对而言),它是唐诗的主体,与五四运动以后的现代诗(白话诗)区别较大,可别混淆。

"孤篇横绝全唐"的张若虚乐府诗《春江花月夜》,不知为何没有被选入《唐诗三百首》,也许是编者着重点在近体诗而割爱，近体诗占了全书2/3以上。单从九百多卷的《全唐诗》来看，全唐名诗人达两千两百余之众，一直流传的名诗有近五万首之繁，这足以说明唐时文化昌盛的程度。近体诗是唐诗的最高成就，是古典诗歌的最辉煌代表，也是我们必须承袭和好好学习的优秀传统文化。

　　诗是从民歌（谣）发展起来的，民歌是"感于哀乐，缘事而发"的直抒胸臆，朴实无华，它没有文人的雕饰，因之代表了人民最真实的情、事和需求。《诗经》是我国最早（西周初期至春秋中叶，即公元前11世纪—公元前6世纪）的诗歌总集，其中《风》《雅》《颂》的《风》就是西周的民歌。乐府是汉魏六朝时期（公元前206—公元420）可以配乐的民歌，后来到了诗人手上就有了曲名，如《塞上曲》《关山月》《游子吟》《蜀道难》《丽人行》《清平调》《燕歌行》等，句式（句数、字数）各异，最长的莫过于五言乐府《孔雀东南飞》，共三百多句、一千七百多字。《唐诗三百首》里的34首乐府是不同诗人仿制配乐民歌的产品。李益的"嫁得瞿塘贾，朝朝误妾期。早知潮有信，嫁与弄潮儿"，完全符合近体诗五绝的格律，因标题《江南曲》是乐府曲名，形式和内容又是民歌性质，所以仍归于乐府。

　　五古与七古分别是每句五个字或七个字的古体诗，音节自然，不押韵，或押韵而不转韵。古体诗句数不一，少的三句，如刘邦的《大风歌》："大风起兮云飞扬，威加海内兮归故乡。安得猛士兮守四方！"多的如白居易的七古《长恨歌》达一百二十句。像

《长恨歌》这样的七古转韵诗，习称歌行体。

五古和七古绝句的韵可仄可平，句法多拗，例如《唐诗三百首》最后一首诗《金缕衣》（杜秋娘）"劝君莫惜金缕衣，劝君惜取少年时。花开堪折直须折，莫待无花空折枝"，就是古绝的最好范例。

近体诗（格律诗）从形式到写作方法的基础知识将在本章的第二至第七小节详细介绍。

二、近体诗的格律

不懂近体诗（格律诗）的格律形式（声韵、平仄规律和旧四声、对仗）就读不懂或者读错前人作品，谈不上承传，更谈不上创作。

近体诗是以声节（音节）的转换、两句一联但每联上下句对仗（成对）、上下联粘连组合而成。于唐代成熟并发展到极致，分绝诗和律诗。前者又分五个字一句的五绝和七个字一句的七绝；后者又分五个字一句的五律与七个字一句的七律。律诗除首尾两联外，中间各联都须粘对。亦可隔句相对，称为扇对。还有六韵及六韵以上的长律（排律，即铺排延长的律诗，故名。每首长律句数成双如十、十二、十六……），少则十句，多则有至百韵者。

一首绝句为四句两韵或三韵；一首律诗则为八句五韵或四韵，两句一联分别称为首联、颔联、颈联与尾联。每联上（单、出）句、下（双、对）句平仄相反谓之成对（或相对），否则谓之失对；次联上句头二字与前联下句头二字平仄相同谓之粘连（尤指第二字,如下面两图),否则谓之失粘。失对与失粘都是常态(常规)不许可的。绝句与律诗又分"平起"和"仄起"两式。"平起"指该诗首句第二个字是"平声","仄起"指该诗首句第二字为"仄声"。总结起来,格律诗结构就是两声(无非四种,平平、仄仄、平仄、仄平)一节,上下转换;两句一联,单双对称;上下黏连,两联一绝;两绝(一觉四句)一律,前后大同(参见下面两图)。

1.仄起式(首句第二字仄声为仄起,每联上下句第二字平仄相对)

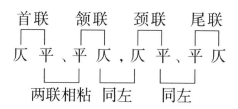

2.平起式(首句第二字平声为平起,每联上下句第二字平仄相对)

这里的"平、仄"以旧四声(平、上、去、入四声,后三者统称仄声。四声的辨别见第五小节)的"平水韵"(详后)为准,不是现

代汉语新四声（没有入声字，读音为现代标准汉语）。如果用现代标准汉语发音来读前人格律诗，既可能失律（不合传统平仄应对交替的基本规律，出现平仄错乱），也失去了原有的节奏感和韵味，不能成诵；用新四声来写格律诗也就不称其为传统格律诗。

由于汉语多为两个字一个音节（音步），两平（例如青天、诗词）与两仄（例如白日、大海）、或一平一仄（例如天地、人物）与一仄一平（例如爱情、老家）交替就成了格律诗音韵交替变化的规律。从这里可见每个音节的第二字读音时间比第一字略长，它也就成了吟诵的节奏点和关键，因此也就有了七言绝句、律诗"一、三、五字不论（即可不拘平仄），二、四、六字分明（必须按格律平仄要求，不能随意）"与五言绝句、律诗"一、三字不论，二、四字分明"的基本约定。这样形成的诗句吟诵起来抑扬顿挫，富音乐感节奏感。

（一）七律和七绝

七律平起、仄起各有两个定式，首句入韵旧称正格。

（1）七律平起入韵式（正格）

平平仄仄仄平平（韵）

仄仄平平仄仄平

仄仄平平平仄仄

（1）七律仄起入韵式（正格）

仄仄平平仄仄平（韵）

平平仄仄仄平平

平平仄仄平平仄

平平仄仄仄平平　　　　　仄仄平平仄仄平

平平仄仄平平仄　　　　　仄仄平平平仄仄

仄仄平平仄仄平　　　　　平平仄仄仄平平

仄仄平平平仄仄　　　　　平平仄仄平平仄

平平仄仄仄平平　　　　　仄仄平平仄仄平

（2）平起不入韵式（偏格）　（2）仄起不入韵式（偏格）

平平仄仄平平仄　　　　　仄仄平平平仄仄

仄仄平平仄仄平（韵）　　平平仄仄仄平平（韵）

仄仄平平平仄仄　　　　　平平仄仄平平仄

平平仄仄仄平平　　　　　仄仄平平仄仄平

平平仄仄平平仄　　　　　仄仄平平平仄仄

仄仄平平仄仄平　　　　　平平仄仄仄平平

仄仄平平平仄仄　　　　　平平仄仄平平仄

平平仄仄仄平平　　　　　仄仄平平仄仄平

　　这个原始的两平两仄交替规律，即使古代最大诗家也难于严格做到。为了进一步丰富诗歌旋律，在不影响声调和谐的原则下，人们对它做了变通：

（1）七律平起入韵式（正格）　　（1）七律仄起入韵式（正格）

　㊀平㊀仄仄平平（韵）　　　　㊀仄平平仄仄平（韵）

（仄）仄平平（仄）仄平 　　（平）平（仄）仄仄平平

（仄）（仄）（平）平平仄仄 　（平）平（仄）仄平平仄

平平（仄）仄（仄）平平 　　（仄）仄平平（仄）仄平

平平（仄）仄平平仄 　　　（仄）（仄）（平）平平仄仄

（仄）仄平平仄仄平 　　　（平）平（仄）仄仄平平

（仄）（仄）（平）平平仄仄 　（平）平（仄）仄平平仄

平平（仄）仄（仄）平平 　　（仄）仄平平（仄）仄平

（2）平起不入韵式（偏格） 　　### （2）仄起不入韵式（偏格）

（平）平（仄）仄平平仄 　　　（仄）（仄）（平）平平仄仄

（仄）仄平平（仄）仄平（韵） 　（平）平（仄）仄仄平平（韵）

（仄）（仄）（平）平平仄仄 　（平）平（仄）仄平平仄

平平（仄）仄平平平 　　　　（仄）仄平平（仄）仄平

（平）平（仄）仄平平仄 　　　（仄）仄平平（仄）仄平

（仄）仄平平（仄）仄平 　　　（平）平（仄）仄平平仄

（仄）（仄）（平）平平仄仄 　（平）平（仄）仄平平仄

平平（仄）仄仄平平 　　　　（仄）仄平平（仄）仄平

这里有几点说明：

（1）四个体式里的第一个加黑的"平"，是所选用平韵的平声字，后面的是同韵或通韵的平声字。

（2）带圈儿平仄表示可平可仄，放宽了上述"两平两仄交替"的原始规则限制,而变成了常态定式;而且不论平起仄起,四式各八句的头一个字都可平可仄。

(3)孤平(一个平声字夹在两个仄声字之间)是格律诗的大忌,指律或绝每句中除末字外,不能只有一个平声字。七律下(双、对)句应避三平落脚(下句后三字不能三个平声字连用,连用就失去音节的节奏感。三平落脚只见于古体)。

(4)律诗的颔、颈两联要求上下句对仗,即词性和结构相同或相似。如何对,可参考蒙学读物《笠翁对韵》《龙文鞭影》等书。

(5)七律除二三两句、四五两句及六七两句的第二字必须粘连外,第六字也必须相粘。

(6)七律是近体诗的主要诗体,但不论平起还是仄起,常规都不用仄韵。这就是《笠翁对韵》《龙文鞭影》等都只有平声韵的原因。

七绝格律就是截取上述七律的前四句、中四句、后四句或首联与末联,但以前四句形式为最标准的原始格式:

平起入韵式(正格)

平平仄仄仄平平,仄仄平平仄仄平。(首联)

仄仄平平平仄仄,平平仄仄仄平平。(次联、尾联)

平起不入韵式（偏格）

平平仄仄平平仄，仄仄平平仄仄平。

仄仄平平平仄仄，平平仄仄仄平平。

从这里可以看出：(1)两平两仄交替的基本规律；(2)首联上下句平仄相反（相对），次联上下句亦然；(3)第三句头四字与第二句头四字平仄相同谓之粘连（尤指第二字）；(4)头一句第二字平声叫平起，入韵式头一句末字为所采取的平声韵字（韵脚），第二、四句末字必须用与它同韵或通韵的字；不同的是，不入韵式首句末字不用韵，第二句末字才定平声韵脚。

仄起入韵式（正格）

仄仄平平仄仄平，平平仄仄仄平平。

平平仄仄平平仄，仄仄平平仄仄平。

仄起不入韵式（偏格）

仄仄平平平仄仄，平平仄仄仄平平。

平平仄仄平平仄，仄仄平平仄仄平。

可见，它也适用上述平起规则。

正如上面说过的，完全两平两仄交替的基本规律不太实际，勉强去做势必损害情境、景境、意境及语境，以及造成音韵的相对呆板。故七绝常态的可平可仄格式，与上述律诗的变通相同。七绝随之只用平韵、没有仄韵。

（二）五律和五绝

它们的格律，只要把上述七律和七绝两种韵式调整一下就可以了。如是就成为：

（1）五律平起入韵式（正格）　　**（1）五律仄起入韵式（正格）**

平平仄仄平（韵）　　　　　　仄仄仄平平（韵）

仄仄仄平平　　　　　　　　　平平仄仄平

仄仄平平仄　　　　　　　　　平平平仄仄

平平仄仄平　　　　　　　　　仄仄仄平平

平平平仄仄　　　　　　　　　仄仄平平仄

仄仄仄平平　　　　　　　　　平平仄仄平

仄仄平平仄　　　　　　　　　平平平仄仄

平平仄仄平　　　　　　　　　仄仄仄平平

（2）五律平起不入韵式（偏格）　**（2）五律仄起不入韵式（偏格）**

平平平仄仄　　　　　　　　　仄仄平平仄

仄仄仄平平（韵）　　　　　　平平仄仄平（韵）

仄仄平平仄　　　　　　　　　平平平仄仄

平平仄仄平　　　　　　　　　仄仄仄平平

平平平仄仄　　　　　　　仄仄平平仄

仄仄仄平平　　　　　　　平平仄仄平

仄仄平平仄　　　　　　　平平平仄仄

平平仄仄平　　　　　　　仄仄仄平平

这个原始两平两仄交替规律过严, 和上述七律一样做了调整。

（1）五律平起入韵式（正格）　（1）五律仄起入韵式（正格）

平平仄仄平（韵）　　　　仄仄仄平平（韵）

仄仄仄平平　　　　　　　平平仄仄平

仄仄平平仄　　　　　　　平平平仄仄

平平仄仄平　　　　　　　仄仄平平仄

平平平仄仄　　　　　　　仄仄仄平平

仄仄仄平平　　　　　　　仄仄平平仄

仄仄平平仄　　　　　　　平平平仄仄

平平仄仄平　　　　　　　仄仄仄平平

（2）五律平起不入韵式（偏格）　（2）五律仄起不入韵式（偏格）

平平平仄仄　　　　　　　仄仄平平仄

仄仄仄平平（韵）　　　　平平仄仄平（韵）

仄仄平平仄　　　　　　　平平平仄仄

平平仄仄平　　　　　　Ⓩ仄仄平平

㊉平平仄仄　　　　　　Ⓩ仄平平仄

Ⓩ仄仄平平　　　　　　平平仄仄平

Ⓩ仄平平仄　　　　　　㊉平平仄仄

平平仄仄平　　　　　　Ⓩ仄仄平平

这里同样有几点说明：

（1）四个体式里的第一个加黑的"平"，是所选用平韵的平声字，后面的是同韵或通韵的平声字。

（2）带圈儿㊉Ⓩ表示可平可仄，放宽了上述"两平两仄交替"原始规则限制，而变成了常态；每句头一字不像七律一样都可平可仄。

（3）五律必避孤平，可以不避孤仄（一个仄声字夹在两个平声字之间），下（双、对）句应避三平落脚（下句后三字不能三个平声字连用）。

（4）颔、颈两联要求上下句对仗，即词性和结构相同或相似。二三两句、四五两句及六七两句的第二字必须粘连。

（5）五律与七律一样，常规都没仄韵。

（6）从上面可见，五律八句中，可平可仄的字只有五或六个，实际使用时仍然难于灵活。

五绝平仄常态定式同五律前四句，也可中四句或后四句；也有仄起、平起、入韵及不入韵四式，各式或平或仄的字也和五律一致，故也称律绝，只用平韵。如孟浩然《春晓》："春眠不觉晓，处处闻啼鸟。夜来风雨声，花落知多少。"及王维《竹里馆》："独坐幽篁里，弹琴复长啸。深林人不知，明月来相照。"这类仄韵五言绝句，被称为古绝句。但在《唐诗三百首》卷七五绝里，未分古绝、律绝。

（三）拗救和变体

即使有了上面可平可仄的从宽，依然存在实际的不灵活，所以在保持声调的抑扬顿挫要求下，诗人们又做了改变平仄位置的另一变通——"拗"和"救"。应平用仄、应仄用平即所谓拗，有拗必须救，救就是补偿，使之符合音韵节律。拗救有三种：

1.单拗单救：例如，王勃《送杜少府之任蜀川》："城阙辅三秦，风烟望五津。与君离别意，同是宦游人。海内存知己，天涯若比邻。无为在歧路，儿女共沾巾。"按上述五律格律规则，第七句"平平仄平仄"应是"平平平仄仄"，第三四字的平仄换了位置，"在"的仄叫"拗"，"歧"的平叫"救"。这种上句拗下句不拗，只是本句救本句拗的拗救，称为"单拗单救"或"本句自救"。

从此诗还可发现与五律常态不同的地方：首联成了对句，次联不对偶，成为五律的变体，习称偷春体。

又如杜甫《春日忆李白》："白也诗无敌，飘然思不群。清新庾开府，俊逸鲍参军。渭北春天树，江东日暮云。何时一樽酒，重与细论文。"第三句末三字本应是"平仄仄",救成"仄平仄"了。

七律也有这种拗救情况,例如杜甫《秋兴八首之五》:"蓬莱宫阙对南山,承露金茎霄汉间。西望瑶池降王母,东来紫气满函关。云移雉尾开宫扇,日绕龙鳞识圣颜。一卧沧江惊岁晚,几回青琐点朝班。"第三句末三字"降王母"为"仄平仄",原应为"平仄仄","降王"互换以"王"救"降"了。

由此可见,单拗单救只用于五律"平平平仄仄"和七律"仄仄平平平仄仄"两种句式。

2.双拗双救:例如,杜甫《蜀相》:"丞相祠堂何处寻,锦官城外柏森森。映阶碧草自春色,隔叶黄鹂空好音。三顾频烦天下计,两朝开济老臣心。出师未捷身先死,长使英雄泪满襟。"第三句"自春色"的"仄平仄"违反了七律常态"格律"本该的"平平仄",第四句"空好音"的"平仄平"违反了本该的"仄仄平"。由本应的"平平仄"对"仄仄平"变成了"仄平仄"对"平仄平",既保持了平仄相对的要求,又丰富了声调的音乐变换。也就是第三句出句的第五字"拗"被第四句对句的第五字"救"了,同一联上下句对称地互拗互救,即称"双拗双救"。五律也有这种"双拗双救",不过只在第三字,如杜甫《遣意之一》:"啭枝黄鸟近,泛渚白鸥轻。一径野花落,孤村春水生。衰年催酿黍,细雨更移橙。渐喜交游绝,幽居不用名。"第三四句的第三字"野""春"平仄互换了。

3.孤平拗救:五律中平起入韵式首句常态"平平仄仄平"的

头一个字，及七律"仄仄平平仄仄平"的第三字必须为平，不能可平可仄。如万不得已要用仄声字，就可分别将第三字与第五字的仄声厚换成平声字成为"仄平平仄平"与"仄仄平平平仄平"，就避免孤平了，这就是所谓的"孤平拗救"。

4.历史上的诗人留下许多不遵常态的变革诗体，如拗体诗、吴体诗（始自杜甫模拟江南俚俗而作的拗体律诗）、转韵律诗等。

比较多见的是第三句第二字不粘第二句第二字的折腰体，例如唐代崔峒《清江曲》："八月长江去浪平，片帆一道带风轻。极目不分天水色，南山南是岳阳城。"其中仄声"目"不粘第二句平声"帆"。律诗不粘的如杜甫《咏怀古迹之二》："摇落深知宋玉悲，风流儒雅亦吾师。怅望千秋一洒泪，萧条异代不同时。江山故宅空文藻，云雨荒台岂梦思。最是楚宫俱泯灭，舟人指点到今疑。"第三句第二字的"望"系仄声，与第二句第二字平声"流"声调相反。又如李白《登金陵凤凰台》："凤凰台上凤凰游，凤去台空江自流。吴宫花草埋幽径，晋代衣冠成古丘。三山半落青天外，二水中分白鹭洲。总为浮云能蔽日，长安不见使人愁。"相应的"宫""去"失粘。

从这里可以得到一个启发：不因辞害意，十分必要时不死抱格律。但这是一般中的特殊、典型中的个例，不能作为常规，不能作为任何一个人随意写作的借口，更不能借此否定格律诗体式的承传。格律诗的内容可随时代主流精神而变化，那仍然只能是旧瓶装新酒。

三、关于韵书与诗的定韵

（一）韵 书

诗是韵文。韵，和谐流畅的意思，指韵母相同或近似的字。传统的诗词歌赋及部分散文都有韵，朗诵起来朗朗顺口，并利于记忆。不同时代或地域，同一字的读音可能不同，为了统一，让学子有所遵循，就出现了韵书。

隋代的《切韵》—唐代的《唐韵》—北宋的《广韵》与《集韵》—南宋的《平水韵》—明代的《洪武正韵》—清代的《佩文诗韵》《诗韵合璧》，在这一发展过程中，《平水韵》是简化修改的"唐韵"，保留了唐人的实际发音（旧四声平上去入），以后的明清诗韵都以它为基础。因此，《广韵》《平水韵》《佩文诗韵》《诗韵合璧》既适用于读唐诗、传统律绝及古代文学作品，又是习作传统律绝用韵的圭臬。

民国时期的《中华新韵》是根据字音和语言实际，随时代改变所做的适应。在它的基础上，1965年上海中华书局编印《诗韵新编》，随后又由于汉语统一的需要，旧的入声字分别归于阴平阳平（新四声阴平、阳平、上、去）。1978年又加以修订重印，试图作为写诗用韵的指导，值得肯定。用它来作白话新诗用韵的指导，似无可非议。但是，用新四声来读唐诗与前人传统诗词就会产生疑义，并有违传统格律（参见后）。用新四声来写的格律诗成不了真正的格律诗。尤其是专门学习研究我国传统文学的专家、学者、教授、爱好者以及大学中文系的学生，如果不通旧四声，不会使用旧四声，就无法升堂入室。长此下去，优秀传统文化将连根消失，面临"文化亡则国亡"的险境。

事实上，我国南方的方言中仍存在大量入声字，强行把它们消灭是否明智，值得研究。在最近中央"两办"《关于实施中华优秀传统文化传承发展工程的意见》"保护传承文化遗产"一节中就已有保护传承方言文化的内容。

（二）定 韵

律、绝不论平起仄起，定韵以后，后面的韵脚最好都用同一韵部的字，不得已时才用韵书允许通用的韵（称叶韵、谐韵、协韵）。这种放宽更适应今天，是客观合理的需求。古人对上平的十一"真"与下平的八"庚"、下平的一"先"与十四"盐"、以及

"庚""痕"不能通用之说，在《平水韵》《佩文诗韵》《诗韵合璧》里已不复存在。

四、关于对仗

　　律诗四联八句,中间两联(颔联、颈联)常规都是对偶句,这是典型的律诗。

　　《唐诗三百首》卷六第一首七律,是崔颢的《黄鹤楼》:"昔人已乘黄鹤去,此地空余黄鹤楼。黄鹤一去不复返,白云千载空悠悠。晴川历历汉阳树,芳草萋萋鹦鹉洲。日暮乡关何处是,烟波江上使人愁。"其中只有颈联对偶。另外,还有首、颔、颈三联对偶,颔、颈、尾三联对偶及四联全对偶的,这些都不是典型律诗而是变体,同样是一般中的特殊,典型中的例外。

　　对偶就是对仗,也称骈俪,指句式及相应位置的词性、结构相同或相似而平仄相反。也就是实字对实字、虚字对虚字、数字对数字、人名对人名、地名对地名等,注意不要同字。

　　什么是实字? 前人专指名词,其他如动词、形容词、副词等为虚词。例如王维《送赵都督赴代州得青字》:"天官动将星,汉地柳条青。万里鸣刁斗,三军出井陉。忘身辞凤阙,报国取龙庭。

岂学书生辈，窗间老一经。"这首诗的平仄与未加调整的原始平起入韵式要求完全相同，非常难得。即使在所有唐人诗里，这也不多得。其颔联里的名词万里—三军、刁斗—井陉，动词鸣—出的词性结构相同而平仄相反；颈联中忘身—报国、凤阙—龙庭、辞—取也一样。这种对法，称为实对，是常态。前人主张互为对偶的字含意差别越大就越好越工，例如，高—下、天—地、动—静、显—隐、来—去、正—反，以及上诗的万—三、凤—龙。

之所以在格律（体式）上又讲究对偶，在于强化诗的美感、动感和吟诵音韵的跳动和谐。

对偶除常态实对之外，还有许许多多变体，大大丰富了诗的形式、内涵和感人的艺术美。如：

1.正对，也称真对或的对，指含义相同或近似事物并列。但如少—稀、流—走、行—动、哭—号，此种对有合掌之嫌，应尽可能避免。

2.反对，例如显—隐、正—反、悲—喜、开—闭、动—静。

显—隐，如杜甫《旅夜书怀》："细草微风岸，危樯独夜舟。星垂平野阔，月涌大江流。名岂文章著，官应老病休。飘飘何所似，天地一沙鸥。"颈联里的著—休。

正—反，如卢纶"少孤为客早，多难识君迟"中的早—迟；又如杜甫《秋兴八首·之一》："玉露凋伤枫树林，巫山巫峡气萧森。江间波浪兼天涌，塞上风云接地阴。丛菊两开他日泪，孤舟一系故园心。寒衣处处催刀尺，白帝城高急暮砧。"颈联里的开一系。

3.连珠对或叠字对, 如杜甫《登高》: "风急天高猿啸哀, 渚清沙白鸟飞回。无边落木萧萧下, 不尽长江滚滚来。万里悲秋常作客, 百年多病独登台。艰难苦恨繁霜鬓, 潦倒新停浊酒杯。"萧萧下—滚滚来。又如王维《秋归辋川庄》: "积雨空林烟火迟, 蒸藜炊黍饷东菑。漠漠水田飞白鹭, 阴阴夏木啭黄鹂。山中习静观朝槿, 松下清斋折露葵。野老与人争席罢, 海鸥何事更相疑。"漠漠水田—阴阴夏木。

4.假对, 即借对, 指内容虽不成对偶但字面却成对偶, 或谐声而成对偶, 或借意对偶三种。

前者例如黄庭坚《过平舆怀李子先, 时在并州》: "前日幽人佐吏曹, 我行堤草认青袍。心随汝水春波动, 兴与并门夜月高。世上岂无千里马? 人中难得九方皋。酒船鱼网归来是, 花落故溪深一篙。"千里马—九方皋。九方皋, 人名, 相马的伯乐。

谐声如郑谷《寄南浦谪官》: "多才翻得罪, 天末抱穷忧。白首为迁客, 青山绕万州。醉欹梅障晓, 歌厌竹枝秋。望阙怀乡泪, 荆江水共流。"迁客—万州, 迁音同"千", 借其发音相同, 用以对万。

借意如杜甫《曲江二首之二》: "朝回日日典春衣, 每日江头尽醉归。酒债寻常行处有, 人生七十古来稀。穿花蛱蝶深深见, 点水蜻蜓款款飞。传语风光共流转, 暂时相赏莫相违。"颔联的"寻常"二字, 主要意思为"平常""经常", 是副词, 与数词"七十"不能对。但它还有另外的意思, 即古人以"八尺为寻, 倍寻为常"。

倍寻等于十六尺,所以"寻常"也就是数词,可以对了。

5.当句对,指句中同类名词自相对偶,如杜甫《登岳阳楼》:"昔闻洞庭水,今上岳阳楼。吴楚东南坼,乾坤日夜浮。亲朋无一字,老病有孤舟。戎马关山北,凭轩涕泗流。"吴—楚、东—南、乾—坤、日—夜。

6.虚实对,指非实体词对实体词,如王维《汉江临眺》:"楚塞三湘接,荆门九派通。江流天地外,山色有无中。郡邑浮前浦,波澜动远空。襄阳好风日,留醉与山翁。"颔联中天地是实,有无是虚。又如贾岛《病起》:"高丘归未得,空自责迟回。身世岂能遂,兰花又已开。病令新作少,雨阻故人来。灯下南华卷,祛愁当酒杯。"身世—兰花,一虚一实。

此外,也有认为虚字指"之、乎、也、者"这样的字眼,多见于古体诗。

7.扇对,或隔句对,即一三句、二四句对。不论律诗还是绝句,一三、二四句末字平仄相同而非相反,我认为不应算真对。

8.流水对,比较多见,指上、下句表面好像不对仗,但一意相承(词意吻合,下句是上句的延伸,而非并行)。如杜甫《放船》:"送客苍溪县,山寒雨不开。直愁骑马滑,故作泛舟回。青惜峰峦过,黄知橘柚来。江流大自在,坐稳兴悠哉。"。又如韦应物《淮上喜会梁川故人》:"江汉曾为客,相逢每醉还。浮云一别后,流水十年间。欢笑情如旧,萧疏鬓已斑。何因北归去,淮上对秋山。"这两首诗中的颔联,都是对意,互为因果。

五、如何认识新旧四声及旧四声里的入声字

唐诗、宋词、骈文和古籍中普遍应用的是旧四声（平上去入，这里的上读shǎng），而不是现在推行现代汉语中的新四声（阴平、阳平、上声、去声）。旧四声里的入声字分别划入新四声的阴平、阳平以后，年轻人以及六十甚至七十至八十岁以内的大多数人已经不懂旧四声，尤其是分不清其中的入声字了。突破这一关，你才可能真正读懂传统文学，传承优秀的传统文化。

1.平声字最多，旧四声有上平、下平之别，详见韵书。上平、下平之分不是因为声调有差异，而是由于平声字最多。因为在《唐韵》《切韵》《平水韵》等韵书里，平声字分载于上下两卷（上、去、入各只一卷）。不论上平、下平，其中的平声字都有阴阳之分。新四声里的平声字没有上下平之别而只分阴平、阳平，就是这个道理。

阴平、阳平如何区别？发声时凡是不送气、轻清不重读、声带振动很小者为阴平，例如上平一东韵的东、通；声带振动、发声

重浊者为阳平，例如铜、红。下平阳韵的香、伤为阴平，堂、郎是阳平；十一尤韵的秋、幽是阴平，愁、楼是阳平，等等。近代诗家萧长迈说，阴声多以元音（a、e、i、o、u）收尾，阳声多以塞音、擦音（b、d、f、g、l、p、t、ch）或带鼻音（m、n、ng）收尾（萧长迈《南薰集》，香港2012），可资参考。

旧四声中的平声字之所以要分阴阳，是因为传统诗词既重格律平仄，也重声韵（轻重、清浊）和谐。尤其是韵脚，要求尽可能阳平起者阴平接、阴平起者阳平接，阴阳交替混用才多姿多彩，读来轻、浊、抑、扬谐调和畅，有如协奏曲。

什么是阳起阴接、阴起阳接？指平起入韵或仄起入韵式律、绝诗，首句末字为阴平（或阳平）时，次句末字相应要以阳平（或阴平）承接；首句末字不入韵，次句末字定韵阴平（或阳平）时，第四句末字要用阳平（或阴平）承接。余类推。

2.如何区别入声字？旧四声的平上去入，是按一个字读音的声调高低、音节长短来定的。前人有言："平声平道莫低昂，上声高呼猛烈强。去声分明哀远道，入声短促急收藏。"（真空和尚《玉钥匙诀》）、"平声哀而安，上声厉而举。去声清而远，入声急而促。"（处忠和尚《元和韵谱》）、"平声长音，上声短音，去声重音，入声急音。"（张成孙《说文谐声谱》）。《音韵阐微》里有三点更细的差别：平声和去声都带有尾音，上声和入声则没有尾音；平声的尾音平读、不高不低，去声的尾音往下抑，比平声尾音相对较短；上、入虽都无尾音，但上声响亮，入声质木。按下面词组（每

四个字都按平上去入次序,即末字笃、觉、卜、设……皆入声字)
多诵读练习,入声字将不言而喻:

东董冻笃　江讲降觉　邦榜滂卜

丝使肆设　医倚懿乙　余与豫育

西洗细悉　佳解戒吉　真轸震直

文吻问物　寒旱汗合　先选线息

萧小笑屑　歌古过骨　麻马骂木

为了方便大家学习,把归入新四声平声里的"诗韵"十七类
常用旧入声字标之于下表。

常用旧入声字表

一屋	阴平	屋	粥	缩	哭	叔	淑	菽	曲	秃	扑
		掬	鞠								
	阳平	屋	竹	服	福	熟	族	菊	轴	伏	读
		犊	渎	黩	幅	仆	独	啄	竺	牍	触
		筑									
二沃	阴平	毒	督								
	阳平	俗	局								
三觉	阴平	卓	剥	捉	喔						
	阳平	琢	驳	璞	浊	擢	濯	学	雹		
四质	阴平	失	漆	七	蟁	壹	悉	一			
	阳平	疾	吉	橘	诘						
五物	阴平	屈	吃								
	阳平	佛	拂	绂	黻	弗	袚	崛			
六月	阴平	阙	窟	歇	发	突	忽	蝎			
	阳平	骨	伐	罚	勃	筏	阀	渤			
七曷	阴平	钵	脱	割	拔	豁					
	阳平	达	活	夺	葛	阆	魃				
八黠	阴平	八	刮	刷							
	阳平	黠	札	察	轧	辖	猾	嘎	帕		
九屑	阴平	结	缺	拙	噎	楔					
	阳平	绝	穴	舌	洁	决	辙	杰	诀	哲	缬
		谪	抉	节							
十药	阴平	郭	托	削							
	阳平	薄	爵	博	酌	铎	橐	镯	柝	灼	搏
十一陌	阴平	夕	掷	惜	拍						
	阳平	石	白	伯	宅	席	帛	额	革	隔	责
		择									
十二锡	阴平	锡	击	绩	激	皙	戚	吃			
	阳平	笛	敌	滴	镝	檄	觋	荻	涤	的	
十三职	阴平	息	黑	逼							
	阳平	职	国	蚀	极	直	得	则	棘		
十四缉	阴平	湿	汁	翕							
	阳平	缉	辑	集	急	习	十	拾	什	及	蛰
		执	汲	级	袭						
十五合	阴平	答	匝	鸽	拉						
	阳平	杂	阖	蛤	盍						
十六叶	阴平	帖	贴	接	浃						
	阳平	蝶	叠	捷	颊	楫	协	侠	荚	睫	挟
		喋	谍								
十七恰	阴平	鸭	插	压	呷	押					
	阳平	狭	峡	匣	乏	劫	狎	夹			

六、失传的旧四声标志与诗的朗读

（一）在古籍阅读中，会发现某一字的某一角附有小小的半个圈，今人或都不知道，或都不在意，或以为是印刷之误，原因是它在1949年至今七十余年的出版物里已经失传，以致无人知晓当然也就无人提及了。实际那是古人的智慧：字的左下角、左上角、右上角、右下角的小半圈标记，依次代表旧四声平、上、去、入。这种标记的方法，有个专有名词叫"圈

破"，也有用朱笔打一点来标记的，就叫"点破"。这种圈、点标记之法始于唐代以前（赵翼《陔馀丛考》商务印书馆1957, p428），民国时期包括国语课本仍常沿用（如右图民国《小学国语》第三

册我上学堂的"上"字左上角的小圈，表示读上声shǎng，即动词"去""到……去"的意思）。这种圈、点标记法于1949年后失传，导致今人读古籍难甚至误解，请看下文。

标记的两种常用功能：

1.例如卢纶《和张仆射塞下曲》："月黑雁飞高，单于夜遁逃。欲将轻骑逐，大雪满弓刀。"其中的"骑"字不是动词（读平声，如骑马）而是名词（读jì，备有鞍辔的马，如"一人一骑"即一人一马），就字义来说，也必须读去声"寄"才符合平仄规律。故在其右上角画上半个小圈（见图示）骑做标识。

又如杜甫《咏怀古迹五首之三》："群山万壑赴荆门，生长明妃尚有村。……千载琵琶作胡语，分明怨恨曲中论。"最后一字"论"的左下角画半个小圈（见图示）论，表示此处必须读平声，才合乎平声韵。再如王昌龄《长信秋词》："白露堂中细草迹，红罗帐里不胜情。"与苏轼《水调歌头》："我欲乘风归去，又恐琼楼玉宇，高处不胜寒。"两句中的"胜"都需圈破读平声，不但是平仄要求，更因为平声和去声"胜"的含义截然有别。在俗语"数不胜数"里"胜"也要读平声，其中的"数"是点数、计算的意思，要读上声，都需要圈破或点破。以上三个"胜"的含意不同：依次是说不尽的情、受不尽的冷、数不尽的数。现在在媒体上露面的很多学人、知名教授都把它读成去声（本意为胜利），牛头不对马嘴了。

与此类似的常用字，还有"听""看""忘""思""过""为"

等，都是当今媒体诗词频道的讲述者普遍犯错之处，例如××大学中文系某教授在《诗词欣赏》第五讲讲解杜甫《月夜》时，将"今夜鄜州月，闺中只独看"中本应读第一声的"看"（平声"堪"，属平水韵十四寒；前人传统诗词都用平水韵）读成新四声的第四声（去声，属平水韵十五翰）；《诗词大会第二季》的某主持人和××卫视《中华好诗词》某主持人都犯了同样毛病，分别把李白"遥看瀑布挂前川"的"看"和"晓看红湿处""草色遥看近却无"中的"看"也都读成第四声，把苏轼词《江城子·记梦》中"十年生死两茫茫。不思量，自难忘。……"的平声"忘"读成去声"望"等。再如平声"为"字，朱熹诗句"为有源头活水来"里的"为"意为"因为"，《桃花源记》中的"不足为外人道也"及《论语》"道不同不相为谋"的"为"意为"与"或"同"。而去声"为"，例如"为人民服务"意为"替"，"为艺术而艺术"里意为"为了"。现在好多知名学人都平去不分，乱读。再如卻（同"却"，有多义，如相反、退却等）、郤（读阴平xì，空隙之义）不分，几乎混在百分之百的读者与书者。

以上说明某些学者与媒体人受浮躁社会风气的影响，既不深究文字含义，也不熟悉格律诗词的平仄要求，以讹传讹。如此这般，怎能算承传了优秀传统文化，怎么能承传优秀传统文化！

至于优秀传统文化哪里优秀，优秀的实质是什么，古今前人都未加说明，答案请参考拙著《怎样把字写好——汉字书法源流、美学与技巧及其优秀传统》（清华大学出版社，2019）。

2.用于一个字有两种或多种读音、两种或多种含义时。例如"见"字有两种读法（见、现），同为去声，却有不同含义。前者（jiàn）最常用，主要意思是看见、见解；后者（xiàn）意思是"出现"（如《论语·泰伯》："天下有道则见，无道则隐。"）及"现成"（如《史记·项羽纪》："军无见粮。"）。在这种情况下，就在"见"字右上角画一小半圈，以示后者之义（见图示）见。

成语"数见不鲜"的"数"与中医脉象"数脉"的"数"都是"频繁"的意思，要读朔，即去声shuò。与此类似者如《论语》"仁者乐山，智者乐水"里的"乐"字现在普遍读成去声lè，其实错了，应读去声yào（见图示）乐，因为它的意思是喜爱（《辞源》商务印书馆，1984，p1626），不是快乐。又如范仲淹《岳阳楼记》："衔远山、吞长江，浩浩汤汤，横无际涯。朝晖夕阴，气象万千。"其中的"汤"，一般要么读成平声"汤"，要么读成去声"荡"，都错了。汤字有多种读法、多种含义：平声有三种读法（阴平tāng，意为热水；阳平shāng，二字连用意为大水激流；阳平yáng，意为日出之处）；去声有两个读法（tàng，与"烫"通；去声dàng，游荡之意）。由于范氏取其广阔急流之意，故此处必须读阳平shāng而不能读tàng或dàng。这样行文又一气叠用六个平声字尾，没有转折，更显得气势之一泻而下、不可阻挡。过去私塾老师在教弟子时，一边朗诵，一边在他书本"汤"字左下角用朱笔画半个小圈（圈破）或打一点（点破），告诉他这不是通常意义的"汤"字。

下图是点破的例子，摘自北宋刻本《范文正公集·卷六》。

"难""丧"字右上角都有一红点，表示要分别读去声nàn和去声sàng。"乐"字右下角红点表示要读旧四声的入声（已归为新四声去声lè，快乐、愉悦的意思）。

在全世界都在推广学习中文的今天，继续沿袭这种标志似乎更有必要。例如，"四书五经"里《论语》的"论"必须读阳平lún。那是因为《论语》的内容，是孔老夫子讲述做人做事的人伦之道、仁爱之道，而"论"古又通"伦"，故也。你虽未必知道为什么必须这样，但自小已听得习以为常了。外国人不知道，如果不告诉他，他一定读成去声lùn语，因为最常用的论文、辩论、评论、议论等都读去声。如果加以圈破或点破，对他们就方便多了。又例如，2022年3月5日晚《诗词大会》某知名教授在讲解王昌龄《出塞》中"但使龙城飞将在，不教胡马度阴山"时把应读阴平的"教"读成去声的"教"（叫）。不论从字义（阴平jiāo的意思是使、令，去声jiào根本没有这个意思）及七绝平仄要求（此诗此节二字只能是平声，否则就会违律）都错了。可见即使今天的国内，圈点的办法也是重要的，几乎必须的。

要稍加说明的是这"圈破""点破"不同于"圈点"。后者是用剪断的鹅毛筒蘸朱砂印泥在诗词每字右侧标记平仄声之用。空心圈示平声、实心点示仄声、半空半实示可平可仄的字（如图，摘自《词谱》卷一），参见第二章三、四两小节。称赞别人文章诗词写得好常用成语"可圈可点"，就是这样来的。

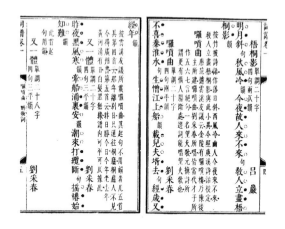

（二）诗是韵文，是要吟诵的。如何吟诵，推行普通话以前，湘楚、江浙、川闽等各地都是用方言吟诵，现在大体都已失传了。至今，除了叶嘉莹教授《给孩子的古诗》里有她苍劲抑扬的模板外，几十年来无论媒体还是书册，好像都没人提起过。今日媒体诗词频道的"唱""朗诵"基本上是各行其是。湖南著名花鼓戏《张先生讨学钱》里有老学究用长沙方言吟诵的《论语》句子，确实正宗，味道十足。

正确的吟诵是要把字、词组、句子的清—浊、轻—重、高—低、长—短、阴—阳及情感等用声音表达出来，也就是念出和谐的音乐性调调与情感表达的真实。能不能做到这一点，和你对该诗的理解深度有关。我以为朗诵要领是：

第一，要分音节，大体是按词性来分。

五言诗每句有两个到三个音节：例如元稹《行宫》："寥落—

古行宫，宫花—寂寞红。白头—宫女—在，闲坐—说—玄宗。"柳宗元《江雪》："千山—鸟飞—绝，万径—人踪—灭。孤舟—蓑笠翁，独钓—寒江雪。"孟浩然《春晓》："春眠—不觉—晓，处处—闻—啼鸟，夜来—风雨—声，花落—知—多少。"

七言为二到四个：例如王维《和贾舍人早朝大明宫》："绛帻—鸡人—报—晓筹，尚衣—方进—翠云裘。九天阊阖—开宫殿，万国衣冠—拜冕旒。日色—才临—仙掌—动，香烟—欲傍—衮龙—浮。朝罢—须裁—五色诏，佩声—归到—凤池头。"杜甫《登高》："风急—天高—猿啸—哀，渚青—沙白—鸟飞—回。无边—落木—萧萧—下，不尽—长江—滚滚—来。万里—悲秋—常作客，百年—多病—独登台。艰难—苦恨—繁霜—鬓，潦倒—新停—浊酒—杯。"

此外，也有按句格式朗诵，或结合以上音节朗诵的。律绝五言句有八种句格：2—3（上二下三，最常见如杜甫"涧水—空山道，柴门—老树村"），3—2（如杜甫"神女峰—娟妙，昭君宅—有无"），1—4（如杜甫"碧—知湖外草，红—见东海云"），4—1（如白居易"二十年前—别，三千里外—行"），2—1—2（如李白"人烟—寒—橘柚，秋色—老—梧桐"），2—2—1（如刘长卿"春风—骑马—醉，江月—钓鱼—歌"），1—2—2（如张承吉"地—盘山—入海，河—绕国—连天"），1—3—1（如杜甫"星—临万户—动，月—傍九霄—多"）。律绝七字句有13种句格：4—3（上四下三，如前引王维"九天阊阖—开宫殿，万国衣冠一拜冕旒"），3—4（白居易"大屋檐一多装雁齿，小航船一亦画龙头"），2—5（如杜甫"朝罢一香烟携满袖，诗成一珠玉任挥毫"），5—2（如僧齐己"岸草短长边一过客，江花红白里一啼莺"），1—6（如王维"山—压天中半天上，洞—穿江底出江南"），6—1（如杜甫"忽从城里携琴一去，许到山中寄药一来"），2—2—3（如苏轼"紫李—黄瓜—村路香，乌纱—白葛—道衣凉"），1—3—3（如杜甫"鱼—吹细浪—摇歌扇，燕—逐飞花—落舞筵"），2—4—1（如崔司勋"河山—北枕秦关—险，驿路—西连汉畤—平"），1—4—2（如陆龟蒙"鸟—在寒枝栖—影动，人—依古堞坐—禅深"），4—1—2（如杜甫"永夜角声—悲—自语，中天月色—好—谁看"），3—1—3（如朱权"黄金甲—锁—雷霆印，红锦韬—缠—日月符"），1—3—1—2（如刘蕴灵"雁—飞关塞—霜—初落，书—寄乡闾—人—未归"）。最后的例子也可朗诵为2—2—3，即"雁飞—关塞—霜初落，书寄—乡闾—人未归"。可见因理解的不同，朗诵必然有差异。

第二，要按旧四声平仄及其抑扬清浊。

媒体诗词讲座主讲人几乎只会用新四声读唐诗，举一个例子，如李白《望庐山瀑布》："日照香炉生紫烟，遥看瀑布挂前川。飞流直下三千尺，疑是银河落九天。"本应读成平声"堪"的"看"读成去声，与首句第二字"照"同仄，造成平仄错乱和音韵失谐。

第三，依诗的内涵，吟出或激越、或清雅、或悲凉等感情。诗如此，词与散文大体亦复如此。

（三）我们常用的工具书《辞源》《辞海》是有分别的。《辞源》，字辞之源也；《辞海》，字辞之广博也，两者重点不同。前者以旧有字书、韵书、类书为基础，收词一般止于1840年，1976年开始在旧版基础上修订，并于1979年由商务印书馆出版。后者是在1965年《辞海（未定稿）》基础上适应时代进步修订，并于1979年由上海辞书出版社出版。可见两者内容有很大区别，举一个例子："和"字在《辞源》里只有平声、去声两个读音，在《辞海》里阳平与去声以外，平添了三个读音即阳平hú（如麻将胡牌）、阳平huó（如做面食的和面）、去声huò（如和药、煎药的次数）。

所以，查读古籍及前人诗词主要用《辞源》，还有《康熙字典》等。

七、经典唐诗分析举隅

（一）通 识

1.格律诗的写作内容，无非言志、达情、述事、写景。

形式要遵守上述的平仄、声韵、对仗等格律要求。

技巧则包括章法（谋篇、布局）、缀句、比兴、用事、形容、渲染、炼句（或雄伟、或清健……）、炼字、炼意等方面，务求情境—景境—意境—语境的统一。情景交融重在情，通过情—景表达的意境尤为重要，不得因表达的词语害意。前人有言：诗贵意，意贵远不贵近，贵淡不贵浓；浓而近者易识，淡而远者难知。

这就是我们欣赏和学习唐诗（包括宋词）要一一着眼的地方。如果想要学到手、写出像样的诗来，就要不断学习、不断思考分析、不断实践、不断提高。只有耐得住寂寞、求真求精的人才能如此。

2.绝句四句、律诗四联，它们各自关系的一般规律（常态）就是首句（首联）—次句（颔联）—第三句（颈联）—末句（尾联）分别代表起、承、转、合。起，就是开端起意（点题、破题），或突兀、或清丽、或舒缓，是否精彩，也要结合看后面。承，直接或间接承接起意（承题）。转，转折即拓展前面的意思，必另出机杼。合，归纳总结之意，往往是一篇之妙、之警，有袅袅余音，留有后劲。四句或四联波澜起伏，虚一实、情一景、动一静、抑一扬结合，意境各有所旨，融成一体而忌讳平铺直叙。

有常态就有例外，如杜甫《绝句》："迟日江山丽，春风花草香。泥融飞燕子，沙暖睡鸳鸯。"四句是并列的春景，没有起承转合的关系。全诗赞美春景春光而已，也很难说有多深的意境。但春光如画，暖意薰人，也自有其趣。又如李商隐的无题七律《锦瑟》中的颔、颈两联是并列的具体事物（参见第三章第十五节），即使缺转，仍然是享誉千年的名诗。

总的来讲，好诗之所以好，在于下字准确而响亮、琢句端雅、清丽、雄浑或深情，铺叙合理、层次分明而波澜壮阔、读之有味；使事实而正、格调高雅，用意深远而新警。新，不落俗套；警，醒世醒人。这里的"意"，包含题外的远致、理想的高妙、哲思的幽微、自然的启示等。如果这些都像天生丽质、清水芙蓉，出自天然，毫无斧凿之痕，那就更好，也就更难。

3.举例说明：

五绝只有二十个字，用最少的字写出好诗是最难的。试用王之涣《登鹳雀楼》："白日依山尽，黄河入海流。欲穷千里目，更上一层楼。"来说明以上诸点要求：

（1）格律：符合仄起不入韵的"仄仄平平仄，平平仄仄平。仄平平仄仄，仄仄仄平平。"

（2）韵：流、楼，都属平水韵下平声十一尤。

（3）章法：古鹳雀楼原位于黄河边的河中府（或称蒲州，今山西省永济市）。首句以登楼习见的天上景"太阳"起兴；山，指的应是西边高耸的中条山。次句承接还是景，不过从天上扩为地上；河，指不远处滚滚东流的黄河。上下、左右、虚实、远近，视野辽阔而气势磅礴，胸臆恢弘而思绪万千的伟大追求，都在这十个字之中。登楼游玩，自然还想要见识更多更远的美景，这就是第三句转，拓展诗的内涵：站得高才能望得远，正所谓"望远才知风浪小，登高始觉海波平"。高，推之泛指人品、德行、修养、能力、才华；远，扩而泛指眼界、胸襟、抱负、目标、成就。能如此，你的格局就大了。末句概括收篇。起承转合，一气呵成。

（4）炼字、炼句与炼意：诗是高度概括的文字，用的字、句必须凝练，含意要求深刻隽永，以达到"语不惊人死不休"（杜甫）、"片言可以明百意"（刘禹锡）的精到。王诗不用白日依山落、依山下，而用依山"尽"，在于描写太阳是在一点一点地下降，由整个、半个直到看不见，是个连续的动态过程，说明诗人喜爱名楼流连时间之长。而光线的由明到暗，"落日熔金、暮云合璧"的色彩由浅而深、由深到浅到没，此时"孤鹜齐飞""归鸦背日、倦鸟投林"以及"落日故人情"等等含味其中，给人丰富想象的意境和耐人寻味的美的效果。次句的"流"字，也是动态，而且是活泼、奔放的动态，"黄河之水天上来，奔流到海不复还"（李白）"黄河落天走东海，万里写入胸怀间"（李白）"九曲黄河万里沙"（刘禹锡）"长河落日圆"（王维）……都在其中，由景入情了。两句十个字都是平常通俗的字，组合成以实对实的对偶，既加强了美的感染力，更形成包罗天地万象、气势雄浑壮阔的景象，动感十足，起到使人精神振奋的效果。由此可知，诗句中动词、形容词用得好的效果和重要性，也就是通常所谓"诗眼"的地方。

由一、二句到三、四句是由实到虚、由具体到设想、由形象到思维、由动转静、由情景交融到意境的升华，不期而然地起到督促自己，并启发他人不断攀求、不断精进、自强不息的作用，是此诗千古流传的关键所在。

全诗浑然天成，通过融动静、虚实、远近、高下、现实与理想于一炉，意厚、情深、质精、面广，达到了文字、情感、美学、哲理的统一。朗诵起来，节奏鲜明，字字响亮。诗的后两句对偶，就是前边说过的流水对。

此外，此诗看似平淡无奇，实则高妙隽雅，其能千古流传的另一重要因素就是这二十个字都是常用字，这诗也就是白话诗、口语诗，容易为大多数平常人接受和理解，产生正态共鸣。今人习惯说白话、用白话、写白话，五四运动以来能与此诗比肩的白话诗好像还没有。不是白话写不出好诗，而是思想深度、高度和文字驾驭功夫达不到。请不要误解，鼓励写白话诗，并不排斥写"旧"诗，更不否定学习与承传优秀传统诗词的重要性和必要性。

4.还可以举几个例子来说明"炼"和"精"：

（1）人们很熟悉贾岛《题李凝幽居》"鸟宿池边树，僧敲月下门"中用"敲"还是用"推"的故事：贾岛边走边想，忘乎所以，竟一头撞上了韩愈的仪仗队，了解之后，韩说以"敲"字为好。为什么好？历来说法是，轻轻的敲门声就惊动了池边树上的鸟，形容那居所夜晚的静，点了题中的"幽"。我认为还有第二个好处："推敲"二字都属下平声的阳平，但"敲"的读音比"推"字响亮，念起来更有音乐感。从此诗还可别有所见，老人们知道，除非大寺庙僧人众多，小庙常常只有一个，修行念经兼看守香火，傍晚出门，庙门一般只是虚掩，老僧外出回来一推即进，用不着也不需要敲来请别人开门。即使大寺庙，庙门通常也只虚掩。清净之地没什么财宝，何况那时候的老百姓信神、怕报应，绝少偷神庙的东西，庙门也就无需紧闭。用"敲"不用"推"，似乎违反以上实际。但诗是文学艺术品，为了夸张渲染，有时就可违背事实，这违背不是造假，在古人诗里并不少见，例如李白的"白发三千丈，缘愁似个长"。谁的头发能有三千丈？不过是夸张下句所说的"愁"。虽违反现实，但逻辑合理。

再次，如杜甫《曲江对酒》中的"桃花细逐杨花落。"原为"桃花欲共杨花语"，"欲共……语"直而无味，"细逐"则不但有锲而不舍的细腻，还比"共语"多了一层追逐的味儿。"细逐"一时兼对偶，一逗一纳多么工稳。又如王安石《泊船瓜洲》"春风又绿江南岸"中的"又绿"，初为"又到"，经"又过、又入、又满"……等十次修改才定，"又绿"是多么自然。

（2）白居易有一首情诗《板桥路》："梁苑城西二十里，一渠春水柳千条。若为此路今重过，十五年前旧板桥。曾共玉颜桥上别，不知消息到今朝。"六句四十二个字只说明了"十五年前在板桥遇见过一个漂亮姑娘"，淡而无味，谁十五年里没碰见过一个美女？刘禹锡将它提炼成二十八个字的《柳枝词》："清江一曲柳千条，二十年前旧板桥。曾与美人桥上别，恨无消息到今朝。"有无缘再聚之"恨"，悔不该当年没有抓紧。不但比白诗精练、情深意永，而且倍加文采。

试进一步分析它的妙处：

清江，澄澈湛蓝的江水；一曲，一湾也，曲而有致，美妙难描。柳千条，水边垂柳多见于南方，千条说明已是春意盎然、春情勃茂的春季；柳，柔美的象征，古人夸赞女人细腰为柳腰，与今人讲究的三围如出一辙。我国文学里"折柳"常指送别，例如王之涣《送别》："近来攀折苦，应为别离多。"又如戴叔伦《堤上柳》："垂柳万条丝，春来织别离。行人攀折处，闺妾断肠时。"可见诗的头一句既是写当年和她相会之处的美景，也在暗示诗人心上人的青春、漂亮、雅致、清纯，还照顾了第三句的离别。区区七个字内涵如此之多，真是一字值千金。第二句补足第一句之意，看似平常。"二十年前"的一别至今朝思暮想，说明情深之极、悔恨之深，大有"除却巫山不是云"之感，就显得一点也不平常了。旧板桥，原来的木桥，物是人非，让人联想当时两人相依相拥，一步几回头的难舍难分的情景。第三句自然牵出诗的主角，末句概括。诗人留下不尽的思念，担心她的际遇、担心她心境的好坏，读者难免有同情之叹，对有类似经历的人无疑拥为知己、自己的代言人。

（3）第三个例子是苏轼，他很欣赏张志和的词《渔歌子》："西塞山前白鹭飞，桃花流水鳜鱼肥。青箬笠，绿蓑衣，斜风细雨不须归。"把它改填成《浣溪沙》："西塞山边白鹭飞，散花洲外片帆微。桃花流水鳜鱼肥。自庇一身青箬笠，相随到处绿蓑衣。斜风细雨不须归。"成句成句地照搬，增多字数，显得累赘、且意蕴还不如原诗鲜活丰富。优劣立见，无须多说。

（4）再看一首柳宗元被贬为永州司马时所作五古《江雪》："千山鸟飞绝，万径人踪灭。孤舟蓑笠翁，独钓寒江雪。"其底色是：天上没鸟飞，地面没人走。寒江小船中，一个钓鱼叟。两者好像都是说一个穿蓑衣戴箬笠的老人，在大雪纷飞于冰冷江上坐小船垂钓。

对比一下，并不如此简单。后者简单、直接，平淡无奇的事实留不下多少印象，更没有诗意。而前者是诗人通过炼字、炼句表达出自己身世、诉求和对当时政治、社会现象的看法。

全诗以比兴开始，首句起得突然，客观、鲜明、突出的景象一下就吸引了你的眼球，使你非往下看不可。次句由天上说到地面，千山—万径、飞鸟—行人、灭—绝都是极限对举，埋伏着鸟和人—绝—灭的原因：下面的"寒"和"雪"。漫山遍野包括江面，整个世界都是皑皑白雪，多冷啊，鸟躲在窝里、人宅在家里，一切生命现象无存，幽静、纯真、凄凉、孤独的复杂情感不言而喻。头两句为后面的"孤""独"做了足够的铺垫；而末句"寒"暗喻世态的炎凉，正义的孤立。

现在，茫茫白色世界中唯一凸显可见的只有江面的一叶孤舟，唯一有生气的只有穿蓑衣戴箬笠的老渔翁，也就是作者自己。"独钓寒江雪"既可理解为"独钓于雪里寒江"，更深层的意思在"我钓的不是鱼而是雪"。雪，洁白无瑕。一孤一独连用，意在强调"众人皆浊我独清"，不随世俗、不怕孤立，我只追求真善美。

一个衣着穷苦的老人，在这样寒冷的冬天没有任何扶助，还要钓鱼来讨生活，从另一面赋予了它的社会意义，也就是把通俗一般变得突出神奇：由近及远、由浅入深、由简单到复杂、由物质层面升华到精神层面了。另一方面，这白茫茫的世界，毫无生气，多么凄凉、冷漠、孤寂！"万马齐喑究可哀"啊！

结合作者另一首《渔翁》和他的身世来看，两诗都是在写他自己。古时的文人都是"学而优则仕"，柳宗元正是不得志、又不愿攀龙附凤找门路，宁可箪食瓢饮，固守高洁。此诗贫而不怨、苦而不悲，大矣。

如果把这首诗和前诗"白日依山尽"比较，王诗更通俗直白，除一个"尽"字，没有其他文字推敲，而更自然，旨在鼓舞人心、提倡积极向上，其意深，其味永，即所谓"言有尽而意无穷"。柳诗炼字、炼句之精到足为千古典范，内容虽有它的积极意义，毕竟着眼于个人。

还有没有天生丽质、完全出于自然的好诗呢？当然有。例如李白《静夜思》："床前明月光，疑是地上霜。举头望明月，低头思故乡。"从字面看，全诗字字常用，随口而出，浅显自然。从平行叙述结构的四个现象看，月光、秋霜人人熟悉，抬头、低头人人经常，再自然不过了。从前后关系看，由月光的皎洁而疑以为霜，由触景生情而见月思家，环环相扣如流水行云，都是直觉、毫无做作加工。全诗把游子怀念家人、父母、妻子、儿女之天性常情不经意地表达出来，朴实自然。而内涵可说是既单一又丰富、既平淡又意味深长、既暂时又千古、既自我又有经典的普遍意义。此诗平凡里出不平凡、不求突出而自突出、不求美而美、不求工而工的关键全在于一个自然的"真"字。

（二）三篇旧文，有助深入体悟

1.浅评《绝句写作教程》（2006）

当代诗人、学人成朝柱先生的《绝句写作教程》（中国文联出版社，2002）（以下简称《教程》）是一本有创意的书，其水平和价值，对初学写作格律诗者的帮助，对恢复、继承和发扬我国优秀传统文化将起的作用，在丁芒先生的序里已做了肯定，就不重复了。

格律诗不论用平水韵还是用现代汉语新韵，同一首诗里用同一韵部的字做为韵脚时称叶韵（叶，在这里不读yè，也不是树叶的叶；应读xié，是"合""和洽"的意思）、协韵或谐韵；借邻韵或用不同韵部而按规定可通押者称通押。《教程》第8页引用孟浩然《宿建德江》："移舟泊烟渚，日暮客愁新。野旷天低树，江清月近人。"王安石《梅花》："墙角数枝梅，凌寒独自开。遥知不是雪，为有暗香来。"与李白《早发白帝城》："朝辞白帝彩云间，千里江陵一日还。两岸猿声啼不住，轻舟已过万重山。"三首绝句韵脚分别符合平水韵"十一真""十灰""十五删"，因此皆属叶韵，书里错把它认作"通押"，是概念上的疏忽。类似的情况书里不只一处。

鉴别古人诗是古绝句还是近体（今体）绝句，应以古声律（旧四声）做标准来衡量。以《教程》第9页七绝押仄声韵引用黄巢《不第后赋菊》"待到秋来九月八，我花开后百花杀。冲天香阵透长安，满城尽带黄金甲"为例，其二四句韵脚"杀、甲"分别属平水韵中的"黠""洽"，不能通用，而且其三四句平仄不互对、近体诗只有平声韵落脚，故该诗是古绝而非书中认定的近体七绝。为初学者举例应越准确越好。

在格律诗中，"律句"原是与"绝句"相对而言，实际就指八句的格律诗。但是《教程》却在第11页及第17页对"律句"做了另外的定义，分别为"这种平仄两两相间、声调和谐好听的诗句叫律句""凡合乎平仄规则（即平仄两两相间）的句子叫律句"。显然这是一种误解，因为对联也要求平仄两两相间。实际上绝对的两平两仄相间是不大可能的。

《教程》第15页说五言绝句平仄变格"平平仄平仄"开头二字必须是"平平"而绝不能为"仄平仄平仄"，为什么必须、为什么不能，缺少交代，实际是避免孤平。

该书对于大中学生格律诗创作，在取材、立意、布局等方面所举诗例，不论是古人的今人的，最好都选分别符合平水韵或现代汉语音韵平仄规律的，以有利于其推敲、学习和无形浸染。例如，第34页对寇准《咏华山》："只有天在上，更无山与齐。举头红日近，回首白云低。"诗意的理解虽不错，但首句"只有天在上"，四仄一平，在格律诗里这是必须避免的孤平而不是一般失误，不足为初学者法。第36页张春霖《登楼》首联平仄也不互对。

关于诗的立意，《教程》强调爱国爱人民、热爱社会主义是"正确""决定诗歌存在价值"的标准（见第38—39页），个人认为这标准可能太窄。一方面写诗的内容范围很广，应包括歌颂真理、正义、和平、善良、博爱、友谊、爱情、高尚情操等具有共趋性人性也就是"真善美"的各种内容。像李商隐的《无题》、白居易的《长恨歌》、杜甫的《怀李白》、崔颢的《黄鹤楼》等表面上看似没有爱国主义的影子，却都是千古绝唱，"一万年也打不倒的"（毛泽东语）。另一方面诗是一种高度艺术性的文体，因而艺术性即使不是唯一的、至少也是与内容同等重要的标准。我们都不反对政治可以作为一个尺度，也理解《教程》里政治标准的暂时"实用性"，但一切用政治观点来衡量容易形成偏颇之处。用单纯的政治标准来教育启发年轻人写诗容易造成误导，不但限制他们的才智，还可能会把诗带进死胡同，完全无助于我国优秀传统文化的继承和发展。

怎样把诗写好，《教程》强调了"形象思维"和"含蓄、空灵"，一般说来这是对的，绝对化就值得商榷了。该书第53页批评陶潜的《杂诗》、文嘉的《明日歌》和无名氏的《长歌行》"流于直白、欠深刻和缺少艺术感染力"。可它们却能从汉晋流传至今，还是很多有志者的座右铭。像贺知章的《回乡偶书》："少小离家老大回，乡音无改鬓毛衰。儿童相见不相识，笑问客从何处来。"李清照的《乌江》："生当作人杰，死亦为鬼雄。至今思项羽，不肯过江东。"等许多绝句，还有不少情诗情词也都是直抒胸臆，没借助于外物，至今脍炙人口。可见，"形象思维"也好、"含蓄、空灵"也好，都只不过是一种写作方法。把诗写好的基础或关键是真情实感，没有真情实感再讲究技巧方法也写不出真正的好诗。

《教程》中对某些诗的解释也有可以讨论的地方，举两个例子。第47页武元衡《鄂渚送友》诗："云帆淼淼巴陵渡，烟树苍苍故郢城。江上梅花无数发，送君南浦不胜情。"第三句的"梅花"不是作者理解的承接上二句的客观的梅花景色，具体的梅花是不可能在江上散发或飘落的，而是暗引李白《听黄鹤楼吹笛》中

"江城五月落梅花"的笛调《梅花落》，既传达了诗作者从诗头两句的具体景物到内心感受别离滋味的过渡（转），又同时点明题目里的"鄂渚"。其次是第62页杜甫《绝句》："两个黄鹂鸣翠柳，一行白鹭上青天。窗含西岭千秋雪，门泊东吴万里船。"它也不是《教程》中讲的杜甫处于安史之乱而"以乐景反衬自己远徙他乡忧国忧民的哀愁"。按此诗写于公元763年初春，正是安史之乱刚平，杜甫从避难地梓州回草堂后心花怒放时的作品。全诗有声有色、亦动亦静、情景交融、物我合一，其奔腾的喜悦和跳跃的思维高攀青天、广涉万里、时极千年，真是万千气象，跃跃欲试地就要"即从巴峡穿巫峡，便下襄阳向洛阳"，哪里有半点哀愁存在？可见，欣赏古人诗如果不了解其时代背景和个人经历，有时就难免南辕北辙、牵强附会了。

2.小议石理俊先生《反常得趣、诗词审美小扎》（2004）

读2004年第二期《北京诗苑》上当代诗人、《北京诗苑》主编石先生写的《反常得趣》，受益良多。但对"赵女乘春上画楼，一声歌发满城秋。无端更唱关山曲，不是征人也泪流"一诗的理解，觉得意犹未尽，试做点小小补充。

诗第一句中的"春"字，既指春天，似乎更暗含青春、春心的意思。因为只有春心易共春花争发的少妇，才耐不住"一寸相思一寸灰"这份深情，她为了排遣才上画楼的。第二句的"秋"不是实在的秋天,说的是赵女歌声流露出来的思念丈夫(也许是情人)的内心凄苦、感动满城人的心境如秋。因为秋天肃杀正是伤情的季节,故有"秋雨秋风愁煞人"(清·陶澹人)、"秋声无不搅离心"(唐·杜牧)、"飒飒秋风生,愁人怨离别。"(唐·孟郊)、"心绪逢摇落,秋声不可闻。"(唐·苏颋)、"何处秋风至? 孤客最先闻。"(唐·刘禹锡)、"晓来谁染霜林醉,总是离人泪。"(元·王实甫)等名句可证。我以为"用唱者真情流露的深度,听者诚挚同情的共鸣,更是本诗作者对类似于以上名句的体验,才把'满城秋'来形容赵女歌声的感染力"来审视此诗比较直接而得当。石先生用歌者本人或是听者心理上"气候反常"来体味诗的美是另一种角度、别一种补充,应该是次要的。第三句中"关山曲",是乐府"横吹曲"题《关山月》,专写离人思妇之怨、征戍之感伤的曲调,王昌龄就说过"更吹羌笛关山月,无那金闺万里愁"。所以第三、四句是对诗第二句的注解、深化和扩大。你本来就唱得够使人伤心的,没来由又唱起怀念边关征夫的歌,不是征夫的我(人)们也禁不住泪流满面了。真的是忽然或者没来由吗? 不是。和"忽见陌头杨柳色"的少妇不同,她正是"欲上高楼去避愁,愁还随我上高楼"(宋·辛弃疾),内在的联系就在这赵女久而远的离绪和对良人的担心中,诗人用转折和层层递进的写作手法表达得更深沉、更婉转、更感人、更有味。

作为中唐诗人的王表留下来的诗只有三首。他为什么要写这首诗? 只了一位赵女的凄苦,或者只是作者一时兴起吗? 在欣赏这首诗表面美感的同时,似更应看到它深层次表达的人们(自然包括诗人自己)厌恶战乱与对和平和安定生活的渴望。这首诗的含蓄美、真正意义和能流传至今的原因也就在这里。

由表及里、由浅寓深正是我们提高鉴赏诗词和创作诗词能力的必由之路。

3.浅议《有感而发》(2006)

李求真先生《诗词联创作要有感而发》一文(《北京楹联》,2005,4期20页)不满意某些(个)人"七应"作品充斥因而强调了两个评论作品优劣的基本准则,即"国家民族的命运和人民大众的疾苦",用意是好的,一般来说也是不错。陈树德先生《也说〈有感而发〉》一文(《北京楹联》,2006,3期26页)则对"七应"作品进行了仔细分析,主张区别对待,可说是实事求是、言之成理。如鸡蛋里边挑骨头,两者都有可商量之处,以下浅见,仅供参考。

唐诗、宋词、元曲、清联代有特色,主要与生产力的发展和生产关系的变化有关,随社会经济、政治状态的前进而更替,也是文人艺术家求新、求发展的结果,而非李文所说"羔雁之具"(见王国维《人间词话》,原意指中唐以后,诗成应酬之作,失去了三境"情境、意境、物境")盛行使然。由于时代的局限,王国维当时认识不到这一点。

　　诗词联曲直至散文都只是作者表达情、景、意、境界的不同文学体裁，从表达方式来说是由紧到松、由严到宽，但各自可达到的深度和高度却并未因之而由高变下、由难变易。不能用词否定诗、用散文来否定联曲，反之亦是。

　　诗词联及任何文学作品要写得好，一是要有真情实感，二是要有艺术美的创造力。没有前者就没有根而流于空泛，没有后者就不能感染读者，即使再有真情实感，味淡色白也是枉然，成不了好的作品。像白居易《花非花》这样的名篇不是真情实感的直述而是真情实感的艺术化抽象提高，可见文学的艺术性有时是第一位的。我是从医的，对诗词联文学隔了行，是门外汉，因此对自己的要求只是学习如何看问题看社会，写东西有的放矢，不作无病呻吟，相信功到自然成的道理。

　　作者想用哪种体裁、写什么内容、是自发还是应付或遵命，那是他个人的自由、他的隐私、有他自己的背景，应该得到尊重。目前出版物中不合格的诗词联较多，既是优秀传统文化恢复与发展过程中的必然现象，又与编辑、出版家的水平和态度严肃与否有很大关系。就作品含义说来，不是所有有消极意义的作品都不好，也不是所有消极的东西都应当批判，"水至清则无鱼"，如果它无害于旁人，我们也没有批判的权利。历史上存留的许多名篇名作以现在（即使在当时）的眼光看都不无瑕疵。扪心自问，我们自己的思想、创作、行为，是时时刻刻都积极而完满的么？何况当今中外社会，因为竞争激烈和分配不公导致很多成年人和学生出现抑郁或偏激的精神"异常"倾向，他们的作品更难免于消极。动不动就批判没有好处，只有与人为善地多建议、多商量、多帮助才可能创造和谐，起好的效果。不同的文学、艺术乃至社会都是在共存中比较、鉴别、发展和消长的。清一色的生态环境、清一色的思想观念的社会是无法想象的，最终是站不住脚的。

杜甫、陆游、辛弃疾等以国家兴亡人民疾苦为己任者的作品固然令人尊敬千古流传，但张若虚（如《春江花月夜》）、白居易（如《长恨歌》）、李商隐（如《无题》）等写景、写情或写人性的诗词同样流传千古，甚至为更多的读者传颂。这说明了两个问题，一是评定作家作品优劣的基本准则不只是国家民族的命运和人民大众的疾苦；二是对文学而言，艺术美往往高于、至少等同于内容主体的真情实感。以某种政治思想束缚文学艺术特性只会扼杀人们的创造力和窒息文学艺术。文学艺术不等同于政治，我们应该发挥自由而独立的思考，从人云亦云的"习惯"中解放出来，达到真正的"百花齐放，百家争鸣"。

八、常见名词解释

读前人文学作品特别是传统诗词,常见下面名词:

和韵　指朋友间的应答诗中,用朋友诗韵脚同一韵部的字而写的唱和诗。一个"和"字有五种表示不同含义的发音,此处的"和"读hè去声"贺"。如果用"圈破"标记,该在和字右上角画半个圈。

用韵　指和诗韵脚的字与原诗韵脚的字完全相同,比和韵难。

次韵　也称步韵、依韵,指和诗韵脚的字,不但与原诗韵脚的字相同,而且先后次序也完全一致。又比用韵难。

出韵　或犯韵。一首近体诗所用韵必须属同一韵部,或韵书规定可以通押的韵部,否则,就是出韵。

趁韵　也称凑韵,指叶韵之字与诗句情意不合者,应当避免。

复韵　指同一诗中韵脚用了意义相同的字,例如花—葩、香—芳之类,应予避免。

合掌　指对偶句之意或事相同或相近者。例如川—河、水—江、思—想。一定要避免。

重字　指同一诗中重复出现相同的字，一般应尽可能避免。有意为之者如李白《夜坐吟》"冬夜夜寒觉夜长，沉吟久坐坐北堂"，却一样声律很美，强调了沉吟的效果。

倒语（韵）　有的连绵词组如山河、生死、情爱等可以颠倒为河山、死生、爱情以入韵；有的如山川、局促、妻子、北京等不可随意颠倒。

联句　指人各一句，合而成诗。常见于文人雅士集会。

诗钟　文人游戏之作。有多种格式，一般指取性质绝不相类的事、物或意的词做两句诗（常规是七言），要求两两相称，自然有趣。

双声与叠韵　简单地说前者指声母相同的词，如潇湘（xiāo-xiāng，声母同为x）、磅礴、参差、含糊、惆怅、乒乓等；没有声母构成的词，如语义，也是双声词。叠韵指韵母相同的词，如徘徊（pái-huái，韵母同为ai）、馄饨、蹉跎、灿烂等。还有既是双声又是叠韵的，如秘密（mì-mì）、辘轳等。前人认为双声叠韵二者要避免用在同一个句子里面。在诗词中，用叠韵词汇较多，以其音节和谐好读。

诗眼　指作品中最关键、最精彩、最概括、最鲜活、最传神、最富哲理的字或句，是炼字、炼句精到的成果。像上面说过的字如"僧敲月下门"的敲、"白日依山尽"的尽；句如"更上一层楼""独钓寒江雪"。

赋比兴　指文艺创作中常用的三种表现方法。通俗的解释是：赋，指直接铺陈其事，在诗词中往往是叙事物以抒怀，例如《诗经》中的《将仲子》；比，指以彼物比此物，即取譬见意寄兴，在诗词往往是以物托情，例如《诗经》中的《硕鼠》；兴，引事感发、见物起兴，在诗词中就是感物抒怀，触物生情，例如《诗经》中的《关雎》。这三种方法或单用或混用，不千篇一律。

竹枝词与柳枝词　主要区别在于内容，前者主要是咏风土人情，如刘禹锡的《竹枝词九首》；后者专门咏柳，最著名的是前面提过的刘禹锡《柳枝词》。

第二章 宋词

一、概　述

　　词与诗一样,都源于民歌民谣,其定式的详细发展过程就不细说了。大体是与诗伴行,而最不同于格律诗的地方在于配乐,是乐府诗的变和延。其延在于依旧保有音乐曲拍之调名;其变在于融入了以琵琶演奏为主的胡夷之乐"燕乐"。又因近体诗格律过于严格,限制了文人情、思表达的自由,才出现的新文体,即所谓"承乐府之变,济近体之穷",到中唐时就成型了。此时的词先有乐曲后有词,是精于乐曲的词人之词,仍是可以入乐歌唱的。一曲终了称阕,故按曲而填叫一阕。在词的发展过程中,也有少数先有词后谱曲的叫"自度曲",这就需要作者自己通晓作曲乐理或与他人协同。词的别名有"曲子词""乐府(乐府诗)""长短句",宋时又称"诗馀"。

　　宋代经济繁荣,对外交往日盛,民间思想活跃,词的发展因之达到顶峰。宋词唐诗并列,成为我国文学的两个高峰、两座丰碑。后来的文人多不懂音律,只能按原来的词调(也称词牌)依样画葫芦, 按调对字句声韵的要求来填词。所以, 以后不叫作词而称填词 (亦称倚声), 词几乎完全成为文人词。唐宋许多优秀词人的典型词作成为后世的格式范本, 有的名句也成为后世填词的新调。

《全宋词》(唐圭璋编, 中华书局, 1981) 收录两宋词人1330余家, 词作约20000首。

词和诗一样可言志、达情、述事。两者本质上并没有多少区别, 其差别在于形式, 概括言之, 有七点:

1.词有表示乐曲曲谱之调名 (词牌) 如《满江红》《木兰花慢》《菩萨蛮》《水调歌头》等。由于不同曲谱的节奏旋律不同, 故不同词调各有定句、定字、定声, 甚至定韵。

2.多数词都分片 (曲的一段), 短的一片, 多的四片。

3.押韵位置与诗不同, 格律诗的韵基本都在偶句末尾, 而词韵位置因曲调而异, 大都在音乐停顿处。

4.格律诗为五、七言, 词为参差不齐的长短句。

5.词更注意音乐性, 为了谐调和声之美, 所以填词更讲究字音、分别四声与阴阳。

6.词用虚字、叠字较多, 虚字如单字的正、但、任等, 两字如那堪、还又等, 三字如更能消、又却是等; 叠字如李清照的"寻寻觅觅, 冷冷清清, 凄凄惨惨戚戚", 杨升庵的"夜夜夜深闻子规""更更更漏月明中"等。

7.由以上4、5、6综合来看, 词比诗行文更易曲折多变、情节表现更可灵活生动、谐调更具和声之美。所以，词往往刻画细腻而更便于言情。

二、词调（词牌）与词谱

（一）一般概念

词调源于乐曲之调，每一词调本来都有曲谱，曲谱失传以后，词调就只是字句平仄与韵的一套格律。

词谱是后有的、积许多词调在一起的书。清康熙《钦定词谱》收有826个词调及2306个词体。每个词调都有自己固定的字数、句数、押韵位置和固定的字声。词体是指同一词调的体式，包括同调异体与同调异名。同调异体指同一词调有段数差异（例如《江城子》单调35字，双调70字）、押韵平仄差异（例如《满江红》上下片字句全同、共93字，仄韵为正格；平韵如宋代彭元逊《满江红·牡丹》）、字数差异或句法差异（上下片部分或完全不同）等多种别体。同调异名指同一词调有多个调名，如《声声慢》又称《胜胜慢》，《忆江南》又叫《谢秋娘》《梦江南》《望江南》《江南好》等，《忆秦娥》又叫《秦楼月》《双荷叶》等六七个名字。

简易常用的《白香词谱》含常用词调100个，各以名作实例说明该调字数、句数、平仄及韵的位置，便于今天的读者按图索骥来学填词。

(二)关于调名

在发展过程中，调名或承袭乐府旧曲之名，如《柳枝》；或以前人诗赋之名，如《蝶恋花》；或以作者本事为名，如《忆余杭》；或来自边地外域，如《菩萨蛮》；或由精于音律的作者自制，（称自度曲）等等。

为了发挥写作的自由度，词家扩展了词调范围，在固有调名前或后加上令、引、近、慢、摊破、减字偷声、叠韵、犯调、联章等的字眼，试将常见的前六种条析于下：

1.令 始于唐代文人宴会即席填词时的酒令，一般字少调短、如《十六字令》，也有长的如《六幺令》96字。

2.引 加长的意思，例如《千秋岁引》就是把《千秋岁》加了几个字，延长了。引，也可理解为引子、前缀或后缀。

3.近 又称近拍，短如《好事近》45字，长如《剑器近》96字。

4.慢 多为长调，短者如《卜算子慢》89字，《浪淘沙慢》比54字的《浪淘沙》长得多，达133字。

令、引、近、慢的区别，主要在歌拍节奏不同。令多为8拍、引与近多为12拍、慢曲一般为16拍。自然，字数也就随之渐多。

5.摊破 指添声增字引起句法、叶韵及乐曲节拍变化，打破原来格局而另成一体。如《摊破浣溪沙》，不过把《浣溪沙》上下片各增三字，移其韵于结句而已；双调，48字，上片四句三平韵，下片四句两平韵。参见李璟《摊破浣溪沙·手卷真珠上玉钩》："手卷真珠上玉钩，依前春恨锁重楼。风里落花谁是主？思悠悠。青鸟不传云外信，丁香空结雨中愁。回首绿波三楚暮，接天流。"

6.减字、偷声 与摊破相反，是偷声减字引起句法、叶韵及乐曲节拍变化，打破原来格局而另成一体。如将本为八句七言仄韵《木兰花》的第三、七句改成四言，且上下片两句一换韵，用两仄韵、两平韵后就成为另体《偷声木兰花》；在它的基础上，又将第一、五句改为四言，就成为《减字木兰花》了。

（三）词调分类

词按长短分为小令、中调及长调，由来已久。习以58字以内称小令，58—90字为中调，90字以上为长调。这不能绝对化，稍多或稍少、取其接近即可。上面的近、引，就相当于中调。

词调按片（段落，也称阕或叠）的多少分为单调、双调、三叠、四叠，分别指一片、两片、三片及四片音乐合成完整一曲，按它填的词相应也就是几片。单调相当于字数少的小令，如《十六字令》《竹枝词》《忆江南》《调笑令》等。双调分上下片，而上下片有字数、句式全同或不同两种：同者如《生查子》《江城子》《何满子》《浪淘沙》《蝶恋花》《卜算子》《南歌子》《渔家傲》等；不同者如《清平乐》《佳人醉》等。三叠如《兰陵王》（仄韵，宜入声字）、四叠如《莺啼序》。

此外，不同词调的乐曲表现的感情原本是不同的，例如《满江红》壮怀激烈，《木兰花慢》悱恻缠绵，《寿楼春》凄凉沉痛，前人填词往往根据需要来选用。我们今天虽无须顾忌歌腔唱调，至少不应该搞混。

（四）词的句式

每个词调的字数、句数及句式都不同。句式长短参差不齐，有一句一个字的，两个、三个……九个字，个别十个字成句的，这取决于本来的乐曲需要和词句的含义。

一字成句的字为实字，有可以独立成句的含义，词调中只有《十六字令》（亦称《苍梧谣》），如张孝祥的"归。猎猎薰风飐绣旗。拦教住，重举送行杯。"又如周晴川的"眠。月影穿窗白玉钱。无人弄，移过枕函边。"归、眠，都可独立成句，而且都是入韵的（归—旗—杯，眠—钱—边）。

词句中有所谓的领字（亦称豆，顿一下的意思），用在一句的开头，如柳永《雨霖铃》中"对长亭晚"的"对"，"念去去千里烟波"的"念"等等，都只是该句的一部分，没有独立的意义。

二字句句式有平平、仄仄、平仄、仄平四种，视需要而定。如戴叔伦《调笑令》"边草，边草，边草尽来兵老。……"中的"边草"（平仄）用于词首；辛弃疾《水龙吟》"休说鲈鱼堪脍……"中的"休说"，用在换头的地方；秦观《踏沙行》"可堪孤馆闭春寒"中的"可堪"（仄平）用在片中。

三字句句式有平平仄、仄仄平、……仄仄仄、平平平六种，可用在首句、换头或词中任何地方。39句的《六州歌头》就有22句三字句。《三字令》上下片共16句全都是三字句。

四字句在《沁园春》《凤归云》《人月圆》等词调中最多。

五字句句式类似五言律绝式上三下二或上二下三，如《生查子》《纥那曲》句句都是五言。

六字句没有定式，以两平两仄交替为多。词调里有四句、六句、八句及十句全为六字句的。

七字句句式类似七言律绝；八字句不多，有上三、下五句式，如叶梦得《贺新郎》："暗尘侵、上有乘鸾女……"；上二、下六句式，如曾觌《踏莎行》："来岁、断不负莺花约……"；九字句有上六、下三句式，如李煜《相见欢》："寂寞梧桐深院、锁清秋……"

三、词的平仄和韵

(一)平 仄

和格律诗一样,词的平仄也按旧四声来分,其字句平仄格式与律绝诗类似。在诗,只分平仄,要求平仄相间和对举;在词,字声组合就复杂得多,平仄之外,还需分平声的阴(阴声字读音清)、阳(读音浊)和上、去、入(合为五声)的差别,目的在于使文字的声调配合乐曲的声调,歌唱才会顺畅。有些词牌例如《花犯》明确规定哪些字必分上、去,《红林擒近》(周邦彦)某些字必须用入声字,就只能按规则来填。前人对词中仄声字应用的讲究更加繁复,这里不做详述。

今天,乐谱既早已失传,词也就无法歌唱也无须歌唱。这并不是说,我们填词只要字数、句数符合词牌规定就可以随意,而是仍然需要讲究押韵和声调的和谐,使全词读来抑扬顿挫、起伏跌宕,富于音乐感。

(二) 词韵书

词韵源于诗韵、但远比诗韵宽松和复杂。

词有韵书始于北宋,逐渐完善。清人戈载参酌南宋名词家作品综合而成的《词林正韵》是最完整的,是填词人必备或必须熟悉的工具书。简言之,就是依《平水韵》平仄通用,分为十九部(见下)。一首词用同一部里的字做韵就行了。

《词林正韵》韵目:

第一部

平　东　冬

上　董　肿

去　送　宋

第二部

平　江　阳

上　讲　养

去　绛　漾

第三部

平　支　微　齐　灰

上　纸　尾　荠　贿

去　未　霁　泰　队

第四部

平　鱼　虞

上　语　麌

去　御　遇

第五部

平　佳　灰

上　蟹　贿

去　泰　卦

第六部

平　真　文　元

上　轸　吻　阮

去　震　问　愿

第七部

平　先　元　寒　删

上　阮　旱　潸　铣

去　愿　翰　谏　霰

第八部

平　萧　肴　豪

上　篠　巧　皓

去　啸　效

第九部

平　歌（独用）

上　哿

去　个

第十部

平　佳　麻

上　马

去　卦　祃

第十一部

平　庚　青　蒸

上　梗　迥

去　敬　劲

第十二部

平　尤（独用）

上　有

去　宥

第十三部

平　侵

上　寝

去　沁

第十四部

平　覃　盐　咸

上　感　俭　（豆十兼）

去　勘　艳　陷

第十五部

入　屋　沃

第十六部

入　觉　药

第十七部

入　质　陌　锡　职　辑

第十八部

入　物　月　曷　黠　叶　屑

第十九部

入　合　洽

（三）押　韵

词是韵文，押韵有固定的格式。

从押韵位置上来看，有词首的、句中的、句间的和句末的等，大抵都是音乐节奏停顿的地方。词头一个字就押韵的，例如《十六字令》。

从押韵方式上，一首一韵到底的较多，如平韵的《江城子》《浪淘沙令》《捣练子》等；仄韵的如《卜算子》《满江红》《念奴娇》《齐天乐》《永遇乐》等。还有：一首多韵的，先平后仄的，如李煜的《虞美人》、欧阳炯的《南乡子》；先仄后平的，如牛峤的《感恩多》；三换韵的，如毛文锡《柳含烟·隋堤柳》；四换韵的，如万俟咏的《昭君怨·春怨》；以此平换彼平的，如朱藻的《丑奴儿》；以此仄换彼仄的如陆游的《钗头凤》；有平仄通叶的如张孝祥《西江月·丹阳湖》；有用仄韵必须入声的，如《忆秦娥》《念奴娇》。

四、常用词牌举隅

为适应初学者学习填词的需要, 选择字数、句数少且押韵不复杂的常用词牌数个, 不含变体, 省去别名, 供大家练习。

1.浣溪沙

它因我国第一号古美人西施在若耶溪浣洗纱而得名, 是唐时教坊曲曲名。上下片各三个七字句, 分平仄两体。上片三句与下片后两句末字都入韵, 下片头两句多用对偶, 也可不对偶。

此调接近律绝, 句式整齐, 较易入手。音节明快和缓, 读来好听。适于各种内容, 尤宜抒情。平韵体被称正体, 多见。李煜首创仄韵体如《浣溪沙·红日已高三丈透》:"红日已高三丈透, 金炉次第添香兽。红锦地衣随步皱。佳人舞点金钗溜, 酒恶时拈花蕊嗅。别殿遥闻箫鼓奏。"

过片不用对偶者, 如韦庄:"惆怅梦余山月斜, 孤灯照壁背红纱，小楼高阁谢娘家。 暗想玉容何所似？一枝春雪冻梅花，满身香雾簇朝霞。"又如张玉娘："玉影无尘雁影来，绕庭荒砌乱蛩哀。凉窥珠箔梦初回。压枕离愁飞不去，西风疑负菊花开。起看清秋月满台。"

调谱　　　O仄平平仄仄平_韵　　　O平O仄仄平平_叶

O平O仄仄平平_叶

O仄O平平仄仄_句　　　O平O仄仄平平_叶

O平O仄仄平平_叶

　　例：日日双眉斗画长，行云飞絮共轻狂。

　　　　不将心嫁冶游郎。

　　　　溅酒滴残歌扇字，弄花熏得舞衣香。

　　　　一春弹泪说凄凉。

　　　　　　——宋·晏几道

2.生查子

唐教坊曲，多认为始于唐人韦应物。正体，双调40字。前后段各四句，两仄韵。有多种变体。

其形式完全是两首五绝，但绝句无仄韵体，因此非常容易上手。

调谱　　　O平O仄平_句　　O仄平平仄_韵　　O仄平平_句

O仄平平仄_叶

〇平〇仄平_句　〇仄平平仄_韵　〇仄仄平平_句

〇仄平平仄_叶

例：去年元夜时，花市灯如昼。月上柳梢头，

人约黄昏后。

今年元夜时，月与灯依旧。不见去年人，

泪湿春衫袖。

——宋·欧阳修

3.玉楼春

正体，双调56字，上下片各四句，三仄韵，只第三句平脚不入韵。形式类似于一首用仄韵的七律（七律没有仄韵，更没有六句入韵。）

调谱　〇平〇仄平平仄_韵　〇仄〇平平仄仄_叶

〇平〇仄仄平平_句　〇仄〇平平仄仄_叶

〇平〇仄平平仄_叶　〇仄〇平平仄仄_叶

〇平〇仄仄平平_句　〇仄〇平平仄仄_叶

例：年年跃马长安市。客舍如家家似寄。

青钱换酒日无何，红烛呼卢宵不寐。

易挑锦妇机中字。难得玉人心下事。

男儿西北有神州，莫滴水西桥畔泪。

——南宋·刘克庄

4.卜算子

为称颂卖卜算命人的小曲,始于北宋张先。正体,双调44字,前后片各四句,两仄韵在二、四句末,奇数句末字用平声字。

调谱　　〇仄仄平平_句　〇仄平平仄_韵　〇平平仄仄平_句

〇仄平平仄_叶

〇仄仄平平_句　〇仄平平仄_韵　〇平平仄仄平_句

〇仄平平仄_叶

例：水是眼波横，山是眉峰聚。欲问行人去那边，

　　眉眼盈盈处。

才使送春归，又送君归去。若到江南赶上春。

　　千万和春住。

　　　　　　　——宋·王观

5.忆王孙

这是北宋秦观创作的单调,五句31字,每句平韵。

调谱　　〇平〇仄仄平平_韵　〇仄平平〇仄平_叶

〇仄平平〇仄平_叶

仄平平_叶〇仄平平〇仄平_叶

例：萋萋芳草忆王孙，柳外楼高空断魂。

> 杜宇声声不忍闻，
>
> 欲黄昏，雨打梨花深闭门。
>
> ——宋·秦观

6.忆江南

唐教坊曲名，单调27字，三平韵。中间七言两句，可对偶或不对偶为。

调谱　　平O仄句　O仄仄平平韵　O仄O平平仄仄句
O平O仄仄平平叶　　O仄仄平平叶

例：多少恨，昨夜梦魂中。还似旧时游上苑，
车如流水马如龙，花月正春风。

——南唐·李煜

7.鹧鸪天

北宋新声，由七律演变而来，仅此一体。平韵、两片、55字。上下片都相当于一首七绝，不过下片首句改成两个三字句而已。诸家名作中有3—4句、5—6句全对偶（如晏几道的"彩袖殷勤捧玉钟……"）与全不对偶（如聂胜琼的"玉惨花愁出凤城……"）者；但5—6句（两个三字句）多对偶。

调谱　　O仄平平O仄平韵　　O平O仄仄平平叶

〇平〇仄平平仄句　　　〇仄平平〇仄平叶

平仄仄　仄平平叶　　　〇平〇仄仄平平叶

〇平〇仄平平仄句　　　〇仄平平〇仄平叶

例：重过阊门万事非。同来何事不同归。

梧桐半死清霜后，头白鸳鸯失伴飞。

原上草，露初晞。旧栖新垅两依依。

空床卧听南窗雨，谁复挑灯夜补衣。

——宋·贺铸

8.临江仙

原教坊曲名。此调无正体，格式达十一种之多，常见的有54字、58字、60字三种。今按流传最广的杨慎的《三国演义》开篇词61字平韵格式标之。

调谱　　〇仄〇平平仄仄　　　〇平〇仄平平韵

〇平〇仄仄平平叶　　　〇平〇仄仄　　　〇仄仄平平叶

〇仄〇平平仄仄　　　〇平〇仄平平韵

〇平〇仄仄平平叶　　　〇平〇仄仄　　　〇仄仄平平叶

例：滚滚长江东逝水，浪花淘尽英雄。

是非成败转头空。青山依旧在，几度夕阳红。

白发渔樵江渚上，惯看秋月春风。

一壶浊酒喜相逢。古今多少事，都付笑谈中。

——明·杨慎

9.西江月

唐教坊曲名，始于后蜀欧阳炯。双调，平仄换韵，八句50字。上下片起句仄脚不入韵，二、三两句押平韵，结句押仄韵，但仄韵用字必须与平韵字同一韵部。

上下片头两句多对偶，如辛弃疾"明月别枝惊鹊……"；都不对偶，如张孝祥"问讯湖边春色……"；或只上片头二句对偶，如苏轼"照野弥弥浅浪……"等等。

调谱　　〇仄〇平〇仄句　　〇平〇仄平平韵

〇平〇仄仄平平叶　　〇仄〇平〇仄换仄

〇仄〇平〇仄句　　〇平〇仄平平叶平

〇平〇仄仄平平叶平　　〇仄〇平〇仄换叶仄

例：照野弥弥浅浪，横空隐隐层霄。

障泥未解玉骢骄，我欲醉眠芳草。

可惜一溪风月，莫教踏碎琼瑶。

解鞍欹枕绿杨桥，杜宇一声春晓。

——宋·苏轼

10.菩萨蛮

这是稍微难一点、需要几次换韵的词调。为唐教坊曲名，源于西域。正体44字，上下片各四句，均为两仄韵转为两平韵。

调谱 　〇平〇仄平平仄_韵 　　〇平〇仄平平仄_叶

　　　　〇仄仄平平_{换平韵} 〇平平仄平_{叶平}

　　　　〇平平仄仄_{三换仄} 〇仄平平仄_{叶三仄}

　　　　〇仄仄平平_{四换平} 　〇平平仄平_{叶四平}

例： 　平林漠漠烟如织，寒山一带伤心碧。

　　　暝色入高楼，有人楼上愁。

　　　玉阶空伫立，宿鸟归飞急。

　　　何处是归程？长亭更短亭。

　　　　　——唐·李白

五、经典宋词分析举隅

（甲）

与诗类似，形式要遵守不同词牌的格律、平仄和声韵。技巧包括章法（谋篇、布局）、缀句、比兴、用事、形容、渲染、炼句、炼字、炼意等方面，务求情境—景境—意境—语境的统一。情景交融重在情，通过情—景表达的意境尤为重要，不得因表达的词语害意。举例：

（一）下面三首同是悼亡词

1.贺铸《鹧鸪天·半死桐》：

重过阊门万事非。同来何事不同归。梧桐半死清霜后，头白鸳鸯失伴飞。　　原上草，露初晞。旧栖新垅两依依。空床卧听南窗雨，谁复挑灯夜补衣。

先做点铺垫：

副题"半死桐"语出汉·枚乘:"龙门有桐,其根半死半生,斫以制琴,声音为天下之至悲。"而比翼鸟"凤凰非梧桐不栖",故半死桐常表达悼念亡妻的意思。

重过,再次来到的意思。阊门,苏州西城门。

"万事非"与第二句的"同归"、第三句的"清霜"各有两重含义。万事非,一是太太你不在了,生活中的一切都不如你在时的美满惬意;二是作者虽是皇亲贵胄,又满腹经纶,但始终郁郁不得志,垂老而功业未立。同归,一是"恨不能同年同月死";二是夫妻一起来苏州,你死葬这里,我们就不能一起回到老家绍兴去了,古人的习惯都是寻根故里、老死旧庐。清霜,既指秋霜,也指事业屡遭挫折,自己才落得像个半死的梧桐树,因而自然地引出第四句的"鸳鸯失伴"。鸳鸯头上有白毛,喻词人两鬓斑白,老年失伴,情何以堪,今后的日子怎么过啊。

露初晞,露水刚刚干了的意思。因是悼亡,这里的"露"就指"薤露",意谓人的生命就像薤上的露水,太阳一晒,极易干掉。"薤露"与"蒿里"同为悼念亡人的古乐府歌词,而与下句"新垅"对应,说明他的太太亡故不久。两依依,对栖居旧屋和太太的新坟都一片深情、难于割舍:独自睡在本来双飞双宿的床上,脑子里一直萦绕她往日挑灯补衣、勤劳朴实的影子。一夜无眠,听着雨打南窗的声音,滴滴好似敲打在自己的心上,眼泪不禁夺眶而出,魂兮归来,梦中相见吧。

全词首句以直叙重来苏州事而抒怀,次句紧承。"何事不同归"问得突兀,好像问得无理,实际是感情表达的深化。接着的"梧桐……,头白……"两句取譬见事。下片进一步形容描摹、托物寓意。如此赋比兴连用,结构绵密流畅,辞婉而情深。上片连着三个一语双关,下片词人用典"薤露"不着痕迹,可见其炼字、炼句的功力。末句是全词的眼,那时候,穷人妇在一天劳作之余,夜里点着桐油灯缝缝补补日衣服是必然的晚课,词人以此结束全词,既表达对夫人"平生未展眉"的歉意,又赞美夫人"甘于藜藿""任劳任怨""温良恭俭让"的优秀品德,两人同甘共苦相互支持的伉俪之情,至为感人。

2.苏轼《江城子·记梦》:

十年生死两茫茫,不思量,自难忘。千里孤坟,无处话凄凉。纵使相逢应不识,尘满面,鬓如霜。　　夜来幽梦忽还乡,小轩窗,正梳妆。相顾无言,惟有泪千行。料得年年肠断处,明月夜,短松冈。

此词单刀直入,迳言其事。两茫茫,一言生者,一言亡者。"上穷碧落下黄泉,两处茫茫都不见",生者茫然若失,铭心难忘,时时想起,可见恩爱之厚;亡者孤眠千里之外的故乡,凄凉滋味,茫无可语;双方的哀痛不言而喻。

接着,词锋一转,即使两不茫茫,能够见面,也只怕彼此都不认得了。亡者满身泥土,生者十年里从京城汴京一再下放,很不得志,加上颠沛劳碌的生活,早已满面灰尘、衰老不堪啊!

下片解题。幽梦,隐约深邃的梦。轩窗,附有长廊居室的窗子。

"夜来幽梦"三句是说，昨天夜里做梦恍恍惚惚回到了老家，看见你和往日一样在临窗照镜打扮。久别重逢，互相激动得双泪直流不止，千言万语不知从何说起。下面词锋又是一转：可以想见你年年月夜站在松树围绕的山岗上瞭望我时肝肠寸断的样子，对上片头五句做了进一步的注解。

上下片情境有两抒两转的起伏，由醒—入梦—梦醒的跌宕，虚虚实实的萦回，叙事言情的分合，波澜迭起，层层推进如江涛，让人不得不洒下同情之泪。

全词无一典故，都是平常用字，把感情叙述得如此深刻、如此自然，字字句句无一多余，足见功夫，真是千古绝唱。

3.纳兰性德《南乡子·为亡妇题照》：

泪咽却无声，只向从前悔薄情。凭仗丹青重省识，盈盈，一片伤心画不成。　别语忒分明。午夜鹣鹣梦早醒，卿自早醒侬自梦，更更，泣尽风檐夜雨铃。

纳兰性德是清代词家，被誉为有宋以来的第一词人，之所以选他的作品，是为了拿来比较同一题旨的不同写法，从而提高我们的欣赏能力和审美水平。

先看首句的"咽"字，有三义三读：平声yān，为名词咽喉；去声yàn，为动词吞咽；去声yè，动词呜咽，指至悲以致哭而无泪。这里该取哪个读法，也要参考平仄格律要求。"泪咽却无声"的"咽"如用平声，就成"仄平仄平平"，犯了孤平是不许可的；如取第三义则有违句意；因此只能是第二读第二义，既符合格律

"仄仄仄平平"(《南乡子》首句只能是"⊙仄仄平平"),也符合句意"饮泣",眼泪无声往肚子里吞。

盈盈,有多义,此处主要形容亡者风仪娇美,但也可看作"重省识"的状语。更,读平声,旧时计时单位,一夜分五更。更更,一更又一更的意思。鹣鹣,古代传说的比翼鸟,双飞双宿。醒,要读平声。风檐夜雨铃,挂在屋檐或屋角的风铃,句取白居易《长恨歌》"夜雨闻铃肠断声"意。

和苏词一样,首句入题,但起得更凄苦、更沉痛、更凝重、更无奈和无法解脱,后面的都是它的演绎。次句不是说真的薄情,而是反衬爱之深切,因为纳兰是御前护卫,上朝外巡都要不离皇帝左右的,不可能全身心日夜和她厮守。言下之意就是早知今日,宁可那时不当那劳什子的官差。如今一再看着画像里风姿绰约的亡妻,更是满腔离恨。画只能画出她的外表,画不出她的悲痛,也画不出我的伤心。

下片首句指诀别的话还声声在耳,次句的"午夜"既是实指,与后面的"更更""夜雨"互相照应;也有"半途"的含义,夫妻幸福的爱情生活过早夭折,好像一场梦醒了。最后三句是说,你走了,梦醒了,可我还得继续活着,熬着:一更连着一更,伴着凄风苦雨中的铃声,整夜整夜地伤心哭泣。请注意,这里的梦很可能暗含"人生如梦"的慨叹,纳兰虽出身贵胄,又仕途得意,但他天生超逸脱俗、多情多病多愁。

与贺词相比,此词特点在于更重心理抒发;与苏词相比,平实略逊，情语过之。同一题旨，三词之妙，都在情真。没有真情实感的诗或词，再漂亮的辞藻也成不了好作品。

不论诗或词，炼字、炼句、炼意都不宜思苦言艰、过于雕塑。情也好、景也好、意也好、语境也好，妙处更在于"真"，随手拈来如水流云在。李白《静夜思》、王之涣《鹳雀楼》及上面的悼亡诗都是例子。

（二）北宋著名词家晏几道的《临江仙》

梦后楼台高锁，酒醒帘幕低垂。去年春恨却来时。落花人独立，微雨燕双飞。　记得小蘋初见，两重心字罗衣。琵琶弦上说相思，当时明月在，曾照彩云归。

这是他的代表作之一，学词者必读。

这是一首缠绵离恨之作。

开头两句对偶，楼锁了、帘没卷为全词定下了人去楼空孤寂的调子；梦，不是作者真做了什么梦，而是形容昔日楼中欢愉如梦般消失了；酒醒，是说过去有佳人斟酒陪酒、卷起窗帘帐幕，如今都只剩下回忆；春恨，春者爱情也，补足头两句孤寂的缘由；去年二字非实指，而是一年又一年。

"却来"的"却"字历来没人注意，它不是副词"转折"的意思，应当做动词"退却"解。一却一来说明春恨反反复复、年复一年折磨自己。

接着又是对偶句，花落雨微说明晚春，也衬托情场失意。此时只有我独自痴痴地站在落花前，而同样的雨中燕子却是双双对对，对比强烈感人至深。如此一般物象，在词人笔下变得深沉凄苦、灵动优美。对偶句是从不同侧面对一个事物的描述，起互补强化的效果，也更有文采，读起来朗朗上口。"落花人独立，微雨燕双飞"是五代时陈句，被晏几道顺手拿来、宛然自出而享誉后世，不断为人引用。

下阕从细数初见心上人小蘋时的场景开始具体说明"春恨"。前人对文中"两重心字罗衣"解释为"罗衣绣有两个心字、含两心相印之意"；把"曾照彩云归"的"归"字解释成"归去"（上海古籍出版社，胡云翼《宋词选》P48；江苏古籍出版社，唐圭璋主编《唐宋词鉴赏辞典》P334），都是不恰当的。正确的理解是："两重"指小蘋上身贴肉的兜兜和外罩罗衫都绣有心字，前者因胸部曲线而鼓起，后者轻软透明、随歌舞而移动，看起来才是两重，不露痕迹地夸赞了小蘋婀娜多姿，也说明作者被深深吸引、一见倾心的心态。日子多了，互相爱慕，小蘋用琵琶弹唱自然流露相思之情。又经常与晏几道缠绵，当时的她（彩云所指）就是踏着明亮的月光来的，故"归"不是归去而是归来。而现在明月依旧，她却再也回不来了，只留下说不尽的离愁和伤感。下阕短短五句包含初见—倾诉—相守三个过程，整个故事发展自然、感情深刻、内容饱满，为上阕"梦后""酒醒""春恨""人独立""燕双飞"做了充分的补充。

　　小蘋是谁呢? 据作者自己说是他朋友沈家和陈家的歌妓。词中"琵琶弦上说相思"本白居易《琵琶行》:"低眉信手续续弹,说尽心中无限事";"曾照彩云归"则源自李白"只愁歌舞散,化作彩云飞。"但都化用得天衣无缝。

　　若干年后,几道重遇小蘋,互相惊喜而泣。于是就有了他那首《鹧鸪天》:

　　彩袖殷勤捧玉钟,当年拚却醉颜红。舞低杨柳楼心月,歌尽桃花扇底风。　　从别后,忆相逢,几回魂梦与君同。今宵剩把银釭照,犹恐相逢是梦中。(银釭,即银灯)

　　情真意切,故能一样脍炙人口。

　　比较起来,小晏的词不如他父亲晏殊的词含蓄、富于哲理。但是,他的纯真却是乃父不及的。他像贾宝玉一样喜欢女孩子,他父亲晏殊是当朝宰相,而他不依权势、不贪富贵;他父亲死后,为帮助别人而散尽家财、自己受穷;他我行我素,连苏轼想拜访都拒绝了,"如今当大官的,一半都是从我家门出去的,我都不见,你算老几啊"。同情底层,喜爱的只是像小蘋这样朴实的歌女舞女。"人生自是有情痴,此恨不关风与月。"(欧阳修语,风月习指嫖妓,男女性事)正是对他的写照,爱而不淫,不把她们作为泄欲工具。

(乙)

　　读或欣赏诗词的方法人各不同,我的习惯做法是:

　　第一，看清题目，题目决定文字内容。没有具体题目譬如只标《无题》《有感》《偶得》等的诗和只有词牌而无副题的词，就只能自己从下面文字内涵中去找、去理解，《无题》实际是有题的，因某种原因隐去了。

第二，整体先读几遍，概略地了解其结构与内容。

第三，把有些多义、多种读法的字词搞明白，把典故来龙去脉及其含义搞清楚。

第四，回头细读全文，分析它的段落和整体结构、用字用词的妙处，从全文是否"条理清、波澜阔、用意深、琢句雅、使事正、下字新而响"多方面来欣赏和学习，正是这多方面的高度形成作品内容与艺术美的高度、深度和广度。在这过程中，无妨试用意思相同或差同的字词去替换、去比较；也可试图用更短的篇幅来取代。尽管不一定比原作高明，实际却提高了自己炼字、炼句、炼意的本事。我读范成大《南柯子》："怅望梅花驿，凝情杜若洲。香云低处有高楼，可惜高楼不近木兰舟。缄素双鱼远，题红片叶秋。欲凭江水寄离愁，江已东流那肯更西流。"把它缩短成一首绝句"梅花杜若伴高楼，红叶双鱼枉自愁。莫问香云何所适，东流江水怎西流。"五十二个字变成二十八个字，含意一致、美感几（读平声）同，是不是差强人意？

还可把前人同一题旨的作品拿来相互比较，目的不在比出高低，而是从中学习不同的着眼点、不同写法、不同遣词造句的功夫，以及艺术美的不同表现与不同高度、深度和广度。

格律诗起承转合的写法比较规律；词则不然，多种多样，读时需要仔细分析，找出上下前后的照应关系、延伸关系。

第五，审视作品言外之意，领略其情—景—意—语境是如何结合的，它的好、美在哪儿。然后，参考别的人、别的书是如何注释的,我们要尊重别人的看法,但不迷信专家,更不轻信网络文章。

第六,诗词同源,但最高水平的宋词是在最高水平的唐诗之后,基本沿用诗的平仄对仗及韵的规律。学习和欣赏时最好先多读诗,学习填词最好以写诗为基础。

第七,多练习写诗填词,写完一首,先冷却几天再看,再修改,如此反复的过程,是经验累积的过程、不断提高对前人诗词理解的过程,熟就能生巧。总之,最好在精读的基础之上多读,在精写的基础之上多写。

附旧拙作诗词廿三题,非以为范,只为方便读者练习分析而已。

记2008北京奥运及神舟7升空

燎原圣火耀金瓯,春水桃花拍岸流。

奔月梦成豪气在,神州新貌足千秋。

（2009长沙杜甫江阁征诗获奖作品）
绝句三首

北望君恩报国诚,长沙夜醉冀繁星。

千秋留得干云笔,未了青山此阁情。

多恨栖迟屈贾居,孤舟捻断少陵鬚。

而今祠阁高吟夜,盛世豪情醉共扶。

穿花贴水燕翩翩，绕阁春回万木妍。

过尽千帆迷望眼，天心长岛艳阳天。

登杜甫江阁，赠友二首

和风吻遍发星星，湘水低吟阔别情。

偎倚阁栏温旧梦，杜诗林草系天心。

依稀城廓故园春，时代人文别样新。

忧患古今同一醉，潭州行客总伤神。

（注：林草、阁内挂有林散之书杜诗《江南逢李龟年》。）

重过斋堂绝句

偷生夹缝作微人，忧患元元痛死生。

堪有听筒能益众，源头谁与说分明。

卅年劫后偶重游，黄柿香飘百里沟。

遥忆马栏驴背月，药囊凝露不知秋。

1994匾书武夷山市城村明代"百岁坊"（原匾毁于"文革"）

旌表遗民上寿人，城村古粤礼邦春。

风吹阴险雄猜远，养正和谐世所珍。

怜伊"文革"九州荒，难躲牌楼百岁坊。

有幸补书三字匾，点睛容共武夷芳。

题儿子访西南联大旧址照绝句

八载图强抗战时，西南联大逞雄姿。

人才辈出空前后，仰止高山谒拜迟。

偏安何故又何之，历史车轮莫倒驰。

七十华年如过隙，几多往事启人思。

呈老同学广益初39班朱老学长（新韵十四寒）2003·3

力破地雷阵，智扬改革帆。从兹一条路，复旧来者棺。

浩气铭千载，豪情汇百川。苍生齐额手，熠熠翠微巅。

踏青，律句

晴波点翠玉渊潭，草长莺飞入画看。

童稚欢呼追柳絮，妙龄顾盼结花冠。

怡人芦管飘香陌，照眼樱红绕碧栏。

黄发寻芳偷学少，斜阳挂树兴方阑。

蜗居抒怀，七律

名坛千载柏森森，致仕蜗居作比邻。

北望通衢连帝阙，南萦一水接吴音。

九秋姿傲东篱菊，繁鬓胸藏赤子心。

水府新方盈半尺，焚膏呵墨共斯民。

代北京校友会祝湖南师大附中（广益母校）百年华诞，2005刻碑存校

师大附中，百岁遐龄。禹公创始，历尽艰辛。

几经迁校。数易其名。前赴后继，日新月新。

公勤仁勇，励志笃学。精忠耿耿，荣校报国。

历届师长，德高业博。春风化雨，无声雕琢。

三湘名校，学子莘莘。精英辈出，寰宇芳馨。

与时俱进，奋勇长征。面向世界，更创恢弘。

逾千校友，京华遥伫。额手母校，青春永驻。

浩荡师恩，铭心刻骨。拳拳之意，歌以祝嘏。

浣溪沙·天坛公园九龙柏，书赠武小娟医生

未必凌霄便是高，千年桧柏领风骚。从容坦荡九龙袍。

不屑王侯齐仰顾，偏怜黎庶竞伸腰。弄潮端赖尔诸曹。

自度曲·2013湘雅30班同学长沙聚会

福庆楼中灯火，洞庭湖上烟波。药囊行尽月婆娑。锋芒初试手，含笑对讴歌。　骐骥莫谈千里志，凤凰休梦碧梧窝。从来赢政岁蹉跎。相逢都老矣，涕泗话山河。

（注：福庆楼、为纪念湘雅创始人颜福庆的五层红楼，今已被不孝子孙拆毁。上阕主要说全班参加1954整修南洞庭湖事。）

如梦令·2017丁酉端午随笔

天意今宵绵雨，痛哭神州翘楚。另类说风流，织就两间悲苦。　如许，如许，洗足洗缨自主。

临江仙·反杨慎意，书赠小娟之父武尔谦先生

滚滚长江东逝水，沙中浪底英雄。是非今古有何凭？董狐司马笔，黎庶口碑同。　忍忆坑灰天地黯，堪嗟先富民穷。反贪肃腐趁春风，共圆中国梦，天下启为公。

浣溪沙·忆旧赠友二首

杨柳依依日欲西，阳和天气醉春堤。娇莺恰恰耳边啼。
常忆故园春最好，水清山翠四娘蹊。插花尔我笑相携。

杨柳阴阴日近山，落花飘舞点泥丹。谁家玉笛暗回旋？
昨夜故人曾入梦，相偕江阁倚华栏。斑斓春色燕呢喃。

偕老伴赏丁香，调寄鹧鸪天

轻暖凤翻浅浅裳，含情脉脉舞成行。丁香香自何由起？修到天和便有香。　　路虽险，爱尤长，温良恭俭理阴阳。长安看尽花花绿，康寿于飞乐凤凰。

鹧鸪天·题照

闻道杖朝两老来，碧桃天上下凡开。海棠悄与丁香说：打点妆容左右排。　　权与势，色和财，绞乾脑汁足堪哀。君看七秩悬壶业，无数浮屠拔地栽。

鹧鸪天·题小杨胡杨照

大漠胡杨千岁强，浩然正气耀辉光。纵然倒下仍坚挺，敢与乾坤论短长。　　叹世味，利名场，拉帮结伙不堪忙。国强民富何由达，公正廉明岁月祥。

调寄鹧鸪天·题照

梦里伊人水一方，几多缱绻几经霜。红楼绿树年时月，犹记梧桐宿凤凰。　　将小影，寄刘郎，淡妆不厌旧时裳。庭前燕子叼花瓣，为道春阳只故乡。

昙花（月下美人）二首，浣溪沙

香重梅花雪样肤，淡妆神越牡丹腴。娉婷巧立靥凝珠。

人约黄昏花有信，梦回春阁雁传书。真情长与美人俱。

叶侧抽芽巧着花，冰肌素服蕊堆霞。暗香浮动压枝斜。
不共群芳迎日放，何求长命盗名赊。朝闻夕死道无涯。

风轻云淡

布衣一袭暖平生，茶米油盐半富贫。

为善不渝春烂漫，风轻云淡百年心。

记半隐人家·浣溪沙

阅历红尘过半生，半工半学半经营。半奢半俭半尊荣。
半水半山来半隐，半忧半乐半睁睛。安危家国总心倾。

壬寅立春（2022.2.4）日月湖迈步
二首（浣溪沙·四言新韵古体）

又喜青阳虎岁新，梅花今让柳黄轻。龙锺香栢根犹健，日月湖
光伏枥心。　手中笔，总难停。情怀至善与亲民。穷求病树
沉舟理，歌颂千帆万木春。

注：又喜平生两逢壬寅，上次在1962年。青阳，春天别称，见
《尔雅》。

九十四岁，历尽风霜。风霜过后，满脸阳光。

奉拉眼缝，小视豺狼。青衿依旧，讨厌夸张。

三间矮屋，书卷飘香。生活简朴，心存善良。

电话不断，为病者忙。微信答疑，毫发其详。

独立精神，自由思想。坚持不懈，唯实是讲。

行仁履义，务求不爽。天道中和，终身自养。

五福之吉，齐眉安享。

第三章
趣味与体悟：流水桃花别有天

以下文内书法插图，系书法家、长沙长郡中学优秀老教师、家兄梁承彦先生与我的朋友、天津优秀老教师、硬笔书法高手武尔谦先生惠赠。

一、从圈儿歌说起

诗词是从民歌发展起来的。

古时候有一对恩爱的贫贱夫妻，男的经常外出谋生，有一次时间太久，女的想得不行、又不会写字，就用炭（木材燃烧后的黑炭）画了许多圈儿如下图，托人带给她的另一半。

男的理解妻子一定和自己一样在彼此挂念。就问带信的人"我家里人和娃娃都没事吧"，说"蛮好的嘛"。那么，这许许多多的圈儿是什么意思，纳闷得很，碰到有识字断句的就请教。终于，有一天一个游方的年轻读书人路过，拿来一看，笑了："哥们儿，你老婆在和你说私房话，让我当众念吗？"大家起哄："不就是几个圈圈吗，能念出什么鸟来，莫怕，让他念吧。"男的毕竟有顾虑，赶忙说"别别"，于是拉他退在一旁听他念：

男的腼腆地脸红了，心想确实是这么回事儿，和我成天想她一样，赶忙连声道谢还请他在酒旗招展的路边小店喝了几盅，把事儿了却就卷铺盖回家了。

这女的要是识文断字，莫准儿又是个薛涛、李清照什么的。每个有真情实爱的人其实都是准诗人，没诉诸文字，早诉诸心灵了。

有意思的是，清道光年间梁绍壬的《圈儿诗》或许就是上面诗的加工：

相思欲寄无从寄，画个圈儿替。话在圈儿外，心在圈儿里。我密密加圈，你须密密知侬意：单圈儿是我，双圈儿是你；整圈儿是团圆，破圈儿是别离；还有那说不尽的相思，把一路圈儿圈到底。

另一个是清代民歌《寄生草》也与此类似：

欲写情书，我可不认字，烦个人儿，使不得！无奈何画几个圈儿为表记。此封书唯有情人知此意：单圈是奴家，双圈是你。诉不尽的苦，一溜圈儿圈下去。

味儿都不如原来那个简洁醇厚，读来也不如原来的顺口。

如果，读者您也想玩玩这个，无妨试试，也许同样会千古流传。

二、《教我如何不想他》二三趣事

昨天，偶然听到有人唱《教我如何不想他》，联想老年博友一定都很熟悉，稍稍引述一下前人资料，顺便看看那年月的友情和亲情。

一、这首在20世纪30年代风靡一时的歌曲，是著名教授、学者赵元任先生的好友刘半农的作品。

1981年，赵元任先生访问北京期间，多次被邀请唱这首歌。一次在音乐学院唱完这首歌后，有人提问：这是不是一首爱情歌曲？其中的"他"究竟是谁？

赵老回答："他"字可以是男的，也可以是女的，也可以是指男女之外的其他事物。他说这首刘半农在伦敦写的歌词，"蕴含着他思念祖国和怀旧之情"。《教我如何不想他》共分四段，通过对春、夏、秋、冬四季景色寓于诗情画意的描绘，寄托了情思萦绕的青年独自徘徊咏唱，对友人——隐喻对故乡的深情怀念。

赵老当时还向大家讲了一段关于这首歌曲的趣闻。

他说，当时这首歌在社会上很流行，有个年轻朋友很想一睹词作者的风采，问刘半农到底是个啥模样？一天刘半农刚好到赵家小坐喝茶，这位青年亦在座。赵元任夫妇即向年轻人介绍说："这就是《教我如何不想他》的词作者。"年轻人大出意外，脱口而出说："原来他是个老头儿啊！"大家大笑不止，刘半农回家后，曾写了一首打油诗：教我如何不想他，请进门来喝杯茶。原来如此一老叟，教我如何再想他！而汉语中的"她"字，即为刘半农首创。

在早年的白话文中，"他"作为第三人称代词，通用于男性、女性及一切事物。1919年前后，有些文学作品用"伊"专指女性。鉴于这种混乱，刘半农创造了"她"字，指代第三人称女性，而用"它"代称事物。开始时虽遭到一些守旧者的攻击，但很快流传开来，广泛使用。这在当时的文化界，成为轰动一时的新闻。

而"她"字的第一次使用，据说就是刘半农1920年9月在伦敦创作的《教我如何不想她》，首次创造"她"，并第一次将"她"入诗。

二、赵元任的妻子杨步伟，曾任南京崇文学校校长，两人于1921年6月结为伉俪，两情甚笃，到1971年金婚时，夫妻恩情，老而弥笃，两人赋诗唱和，愿阴阳颠倒，再缔良缘。杨诗云：

> 吵吵争争五十年，人人反说好姻缘。
>
> 元任欠我今生业，颠倒阴阳再团圆。

赵诗云：

阴阳颠倒又团圆，犹似当年蜜蜜甜。

男女平权新世纪，同偕造福为人间。

诗署"妧姃"，即在"元任"原名前都加"女"旁，以示自己来世由男而女，如贤妻一般变作女性，甘作夫人。

含蓄有趣的"元任欠我今生业"指的是什么？就是"教我如何不想他"。自然元任是位女子了，只有等"她"颠倒阴阳变为男子后再跟他团圆。

当1933年刘半农逝世时，赵老深情地写一挽联：

十载奏双簧，无词今后难成曲；

数人弱一个，教我如何不想他！

老友诀别，所有的友谊与痛惜，仍然集中在《教我如何不想他》。

三、豆蔻年华

豆蔻, 性喜暖和, 南方植物, 常用作中草药。农历二月, 豆蔻含苞之时, 显得非常丰满好看, 且包有蜜汁, 俗称含胎花; 子实两瓣相并, 芯红, 形似同心 (如图, 取自网络), 民间把它象征少女。十三四岁的女娃虽未成熟, 却已楚楚婷婷, 风标有致, 一如豆蔻的含苞待放, 这就是 "豆蔻年华" 的来由。你闭上眼睛: 早春时节枝端的含胎花, 在轻暖的春风抚摸下点头、摇摆、颤动, 会不会引起你的遐想。后世有关豆蔻的诗以唐代杜牧《赠别》最为有名:

> 娉娉袅袅十三余, 豆蔻梢头二月初。
> 春风十里扬州路, 卷上珠帘总不如。

唐代的扬州经济文化十分繁荣, 是全国第一的大都会, 真是 "市列珠玑、户盈罗绮", 一如今天的上海和北京。不论淘金的、找乐子的，还是文人雅士，无不趋之若鹜，有"腰缠十万贯，骑鹤下扬州""天下三分明月夜，二分明月在扬州""二十四桥明月夜，玉人何处教吹箫"的吸引力。十里，并非真正的十里而是极言它街道的错综和宽阔。春风，既照应了上句的时间，又极言它的富丽豪华：到处歌台舞榭、美食青楼和如云美女（青楼，原指豪门大户的宅院，后习指妓院）。末句是说扬州全城楼台亭榭把窗帘卷起来，楼上的、街头的所有红衣翠袖都比不上我杜牧心上的这一位。

杜牧此诗具体是送给心上人张好好的。

杜牧是唐代大诗人，大和三年，在南昌沈传师家结识了他家乐妓好好，一个是阆苑仙葩，一个是美玉无瑕、风流倜傥，遂一见钟情，花前月下，经常见面，眼看要谈婚论嫁。谁知沈传师的弟弟也看中了好好，倚势强占为小老婆。沈杜两家原是通家友好，杜牧又是传师属下，好好更没法子反抗。此后，杜牧离开了这伤心之地，相思无极，两人再没机会见面。

数年后，杜牧任东都监察御史，路过洛阳偶遇好好，这时她已被沈家抛弃，沦落为"当垆卖酒"妇人。感旧伤怀，不禁抱头痛哭，杜牧要带她去京师重温盟誓，而好好自感失身、羞为杜妇，以诗一首，表示从此永不再见。不再见，不是不想见而是怕见，怕见了分不开；也永不再嫁，不再嫁，表示我心里只有你，永远为你而守。其诗为"孤灯残月伴闲愁，几度凄然几度秋。哪得哀情酬旧约，从今而后谢风流。"次晨杜牧留下第二首《赠别》："多情却似总无情,唯觉尊前笑不成。蜡烛有心还惜别,替人垂泪到天明。"就含着眼泪、一步一回头地往京师长安去了。

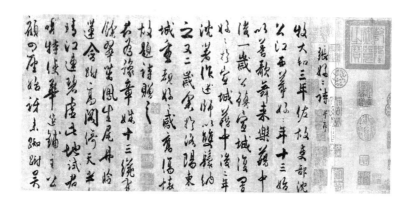

到了长安,杜牧把以上全部过程写在长诗《张好好诗》里,墨迹原件(如图)至今珍藏在故宫博物院。几年后他抑郁而死,好好得知消息后赶忙跑来祭奠,毅然自尽于杜牧坟前,正是"天长地久有时尽,此恨绵绵无绝期"。

它与"梁山泊与祝英台"真诚凄丽的爱情同为绝唱,照亮历史,照透人心。

四、燕双飞

　　住在城市的人，现在很难见到燕子。

　　古时候把燕子叫作玄鸟，因为它的故乡在北方，北方之神是玄武大帝，故名。燕子有很多种，最常见的是家燕，喜欢在平常人家房屋的屋檐、屋梁上做巢，双飞双宿，"不傍豪门亲百姓，呢喃蜜语两相依。"而且"秋去春回认旧巢"，极得老百姓喜爱，连顽皮的小孩子都不侵害它和它的窝。尤其，它主要在飞翔中捕捉蚊子、苍蝇等昆虫为食，是一种益鸟，据说，一只燕子一个季度就能吃掉25万只害虫。秋冬季北方寒冷，缺衣少食就决定了它飞往温暖、遥远的南方过冬而成为候鸟。在南来北往的过程中，它们带着自己的孩子成群结队地行动。

　　因为它这些亲民、真诚、友爱、团结、善良的特性，自古就在我国灿烂的文化中占有重要地位，例如《诗经》中的"燕燕于飞，差池其羽，之子于归，远送于野""之子于归，宜其室家"。（意思是送女儿出嫁，祝福她夫妻偕老、家庭和睦）后来的诗歌中，燕子这些美好延伸为对爱情、春光的赞美和期盼,对人事代谢的叹惜,对旅思情愁的抒发等等。

在无数有关燕子的诗词中,最有代表性的是宋代晏家父子。一首是父亲晏殊的《浣溪沙》,一首是晏殊的第七子晏几道的《临江仙》。《临江仙》前面已经欣赏过,这里我们欣赏一下晏殊的《浣溪沙》:

一曲新词酒一杯,去年天气旧亭台,夕阳西下几时回? 无可奈何花落去,似曾相识燕归来。小园香径独徘徊。

这首词里没有具体的典故,平白易懂,把它口语化就是:"在去年那个季节那个亭子里,一边喝酒一边填词,一边看着太阳下落,你一直往下落还回得来吗?

我一个人在园子小路上来来回回,眼前花开花落、春去秋来是人力无法挽回的事,那从北方飞回的燕子好像就是去年那对。"

如果仔细推敲,就另有天地,而且不止一番天地,不止一个层次。

首先是伤春、叹时光之流逝。"诗酒趁年华",喝酒吟诗本是文人雅士惯常的赏心乐事,但作者面对的是"去年"天气、是"旧"亭台、是"夕阳西下"、是暮春"花落",而"燕归来"意味着季节的变换和年华的消失。往者已矣,逝者如斯夫,满纸消沉与伤感。

其次是怀人。首句边喝酒、边填词的现场，和往年（不单指去年）同样活动对比，季节（暮春、花落时节）、地点（原来的楼台亭榭）、时间（夕阳西下的黄昏）都是一样的。太阳升落是不变的天象，为何要来个问号"几时回"，显然它暗示今昔不同处：物是人非。什么人非呢？

宋代文人喝酒填词这种快乐有多种场合，一如王羲之等的兰亭雅集；二是在朋友家，这往往有侍妾或歌舞妓陪饮助兴；三是在自己家，自然更有红颜知己倾心。从下阕"小园香径独徘徊"句看，晏殊一定是在自家幽香冉冉的庭院小路上独自来回回，面对缤纷的落英和似曾相识的归燕而深深怀念失去的闺中密友。"花落去""燕归来"既指眼前景物，也寓心上人的分离，燕回人未回的惋惜。

三是"无可奈何花落去，似曾相识燕归来"的哲学意味。花开花落说明季节的更替，引申为事物的新陈代谢；北燕南回只能似曾相识，即使真的是去年同一燕子，经过一年的奔波劳碌，它已经不是去年的它，事物是发展的而不是永恒的。推之如人事、世事、环境、历史等莫不如此，给人无限启迪。

以四十二个常用的字，六个结构平易的句子，和酒、天气、亭台、夕阳等极平常的物象，含而不露地表达如此丰富的感情和议论，伤感而不颓唐，低沉又见奇崛，就是此词的高明、深入人心、脍炙人口、得以千古流传的道理。

名句"无可奈何花落去，似曾相识燕归来"。还有一段故事，相传晏殊有一回路过扬州大明寺，浏览寺壁题诗，其中有一首王琪的诗很不错，就找他来聊天，继续在后花园观赏。时值暮春，落英满地，随风飘舞，触起了自己的往事，顺口吟来"无可奈何花落去"，沉吟良久。王琪鼓起勇气问，大人不是在考我吧，对以"似曾相识燕归来"如何？晏殊笑而不答，以后两人就成了忘年之交。

高天栖所作的《燕双飞》（见图）是20世纪30年代的流行歌曲，词美而含蓄，曲婉而优雅，完全不像今天流行歌曲的俗不可耐，唱得人声嘶力竭。词为：

燕双飞，画栏人静晚风微。记得去年门巷，风景依稀，绿芜庭院，细雨湿苍苔。雕梁尘冷春如梦，且衔得芹泥，重筑新巢傍翠帏。栖香稳，软语呢喃话夕晖。差池双剪、掠水穿帘去复回。魂萦杨柳弱，梦逗杏花肥，天涯草色正芳菲。楼台静，帘幕垂，烟似织，月如眉。其奈流光速，莺花老，雨风摧，景物全非，杜宇声声唤道不如归！

从词开始到"傍翠帏"是说双飞燕回到去年的老家，重筑新巢。

"栖香稳"到"月如眉"说明虽为衣食忙忙碌碌，但过得安稳幸福。末段叹时光易逝，风雨凌人，花老人残，借杜鹃鸟之口道出不如归去的无奈。

现代诗人、杂文家、"20世纪最大的自由主义者"（周恩来戏语）聂绀弩，因言获罪，以"反革命"服刑近十年，于1976年平反获释。他劳改时写给老妻周婆的七律特别风趣：

> 龙江打水虎林樵，龙虎风云一担挑。
>
> 邈矣双飞梁上燕，苍然一树雪中蕉。
>
> 大风背草穿荒径，细雨推车上小桥。
>
> 老始风流君莫笑，好诗端在夕阳锹。

首联表面说从龙江挑水、从虎林砍柴，所以一肩挑着的是云龙凤虎（风从虎、云从龙），实际意味风云变化莫测，前途死活难以预料。颔联说我俩像燕一样双飞恩爱自由的日子早已远去，我已经老得不行而且正像芭蕉一样在冰雪中煎熬。颈联说大风中我不但要背着柴草穿行在荒凉的小径，还要在细雨泥路里推车爬坡过窄窄的危桥。尾联说你不要笑我老了才这样风流啊，好诗真的是在天黑还要挖土的铁锹下流淌。全诗以一种幽默、大度，处危难而不惊的笔调，轻松打发了一切艰难和委屈，这底气来自于他的人格、他的骨气、他对罪恶的鄙视，还有他突出的才华。

五、杨柳岸晓风残月

杨柳是春天的象征，在传统诗词里，游春、伤春、惜春、送别等场合，尤其是情词、情诗里都几乎少不了它。"杨柳岸晓风残月"就是柳永的名句。

柳永，字耆卿，原名三变又称柳七。北宋著名词人、婉约派词人的首席代表。他7岁就能诗，一生惯用白描手法及俚辞俗语，丰富了慢词（调长拍缓的慢曲子）的内容，故从内容到形式，都适合当时民众的味口，以致到了"凡有井水处，即能歌柳词"的程度，一如现在的流行歌曲一样人人争相传唱，因而对宋词的蓬勃发展起了很大作用。

他是福建崇安上梅白水村人，新建的纪念馆传说有毛泽东书写的柳词《望海潮》："东南形胜，三吴都会，钱塘自古繁华。烟柳画桥，风帘翠幕，参差十万人家。云树绕堤沙，怒涛卷霜雪，天堑无涯。市列珠玑，户盈罗绮，竞豪奢。　重湖叠巘清嘉，有三秋桂子，十里荷花。羌管弄晴，菱歌泛夜，嬉嬉钓叟莲娃。千骑拥高

牙,乘醉听箫鼓,吟赏烟霞。异日图将好景,归去凤池夸。"2011年
3月我曾有诗记感:"上梅白水柳屯田,绝唱词人后与先。望海潮荣
毛氏墨,从来金榜有遗贤。"

"金榜遗贤"见柳词《鹤冲天》:

黄金榜上,偶失龙头望。明代暂遗贤,如何向?未遂风云
便,争不恣狂荡。何须论得丧?才子词人,自是白衣卿相。

烟花巷陌,依约丹青屏障。幸有意中人,堪寻访。且恁偎
红倚翠,风流事、平生畅。青春都一饷。忍把浮名,换了浅斟
低唱!

一看就知道他是在发牢骚:我这么有才华,本应该中状元
的,却落了榜。既然不让我为国效力,那我何必计较得失,权且放
荡再说。青楼酒馆有理解我、不排斥我的美人,能彼此偎依安慰,
也算是珍重人生短暂的大好青春。哎,我是没有办法才这样破罐
子破摔的啊!

落得如此结果的本事是:他年轻参加会试(封建科举制度中
的中央考试,录取者称为"贡士",第一名称为"会元")失败,第
二次原已录取,宋元宗最后审定时皱起了眉头:这不是那个上次
没取,把"浮名换浅斟低唱"的小子吗?让他"且去填词",就划
掉了他的名字。断送了前途好梦的小柳心灰意懒,继续浪荡、不
改傲骨并自称"奉旨填词柳三变"继续不断创作,留有《乐章集》

传世。直到他五十岁才考上"进士"（科举考试分四级：县试—乡（省）试—会试—殿试，殿试录取者称进士，而头三名依次称状元、榜眼、探花），69岁以六品官"屯田员外郎"终，故人称他柳屯田。

如果没有那首牢骚词《鹤冲天》，他早就不止是这么个小官，极有可能辉煌腾达甚至位列公卿，得几十年的荣华富贵。可是那也就不可能给后人留下这么多千古流传的好词。性格决定一切，"福兮祸所倚，祸兮福所伏"，此之谓美。

回头来看他的杰作《雨霖铃》词：柳永选"寒蝉"二字开头，用心十分细致深刻。蝉，就是知了，只雄性才会叫，用来吸引雌蝉。

寒蝉凄切，对长亭晚，骤雨初歇。都门帐饮无绪，方留恋处，兰舟催发。执手相看泪眼，竟无语凝噎。念去去，千里烟波，暮霭沉沉楚天阔。　多情自古伤离别，更那堪冷落清秋节！今宵酒醒何处，杨柳岸，晓风残月。此去经年，应是良辰好景虚设。便纵有千种风情，更与何人说。

唐代诗人虞世南诗"居高声自远，非是藉秋风"，赋予蝉鸣以高尚和清白的品格。秋天是蝉生命即将结束的季节，叫声自然悲哀。通过"寒蝉"二字既写客观景物与时令，也同时暗喻自己以及此次与伊人离别伤感的情怀。长亭，古时驿站，十里一长亭，五里一短亭，供行人休息，也是送别的场所。都门，此处指宋首府汴京城门。兰舟，木兰舟，船的美称。去去，形容一程又一程的往前赶路。

词的头三句意思是：在阵雨刚停，长亭秋蝉悲鸣的一个傍晚。在汴京城门外设帐送行，心绪缭乱、难舍难分之际，船工一再大喊"要开船了"，多么无情、多么无奈啊！彼此双手紧握、双眼紧盯、千言万语哽在喉咙里说不出来，禁不住纷纷泪下。"念去去"的"念"字很关键，谁在念？谁送谁？结合前后文和柳永失意离京南归的事实，就找到了准确答案。"念"是词人对送行者女方的设想。她担心柳永一程又一程前去辽阔楚地的安危，遥远路途中烟云（天气）变幻无常，晨昏雾气沉沉，冷暖不定，眠食无人体贴照顾。

下阕就说到柳永自己路途的感受了。"黯然销魂者，唯别而已矣"，何况离别又是在这冷落萧瑟的秋天。"借酒消愁愁更愁"，早晨醒来，不知身在何处，只有衰杨败柳、清冷晨风和残缺的月亮相伴，无限凄凉。这一别将很漫长，不知何年何月才能和你相会，江南所有的美景良辰、赏心乐事，对我都毫无意义。我对你的怀念，万缕千丝的情意，求之而不可得的缠绵又能向谁诉说啊！

此词妙处在于上阕景中含情，实写送别季节、地点、环境、分手的难舍以及送者设想行者路途与今后的艰难；下阕情中寓景，虚写行者别时、途中及以后的情愫，以实带虚、虚实互补。全词不论勾勒环境、描写情态、想象未来，都做到了层层深入、尽情铺描、情景交融、前后照应。读起来如行云流水、跌宕起伏而不露痕迹。

六、别是一番滋味在心头

十分有名的《相见欢·无言独上西楼》作者是南唐李煜（主要根据是《全唐诗》）还是后蜀孟昶（主要根据是《古今词话》《十国春秋》）一直有争论。多数人认为此词是李煜的亡国之音，但事实是：首先，词里分明点出是"离愁""独上""寂寞深院"，基本明确了是男女情愁，没有一点国亡家破的痕迹；二是李煜亡国被俘到死三年里，一直有他最爱的小周后陪着，享受宋皇给他"违命侯"的优厚生活待遇；三是李煜性情直白，其词存世的亡国之音，都比较直截了当，不像此词局限和隐晦。所以我赞成作者是孟昶的观点。

比起李后主的始终耽于享受，孟昶算是很亲民的，他即位初期写的《官箴》一直为后世称道。整饬内务，励精图治，自己衣着朴素，兴修水利，注重农桑，实行"与民休息"政策。死后哭丧送葬的老百姓绵延几十里。杜鹃啼血的故事说的就是他（参见后文李商隐《锦瑟》）。但最终为北宋所灭，这首词也许就是他归降后怀念他被迫离开的某爱妃的。

　　把此词翻成散文：词的男主人公孤独无言地爬上西楼，抬眼看到的是如钩的初月，低头所见的是宽阔而一点欢乐都没有的庭院，和近处叶片掉尽的梧桐深秋景色。"秋色恼人"，本已寂寞的他自然更怀念起生离死别的心上人，往日的倩影和缠绵挥之不去，越想越多，越想越深，越想越乱，这无可名状的甜酸苦辣可不是一般凡夫俗子的领受所可比的。

　　至此，你以为自己完全读懂了、理解了，是吗？未必。如果你想进一步欣赏此词，就请先理理下述四个概念：

　　西楼，指与主建筑西边相连的楼，为什么不用东楼南楼别的什么楼呢？古人认为东边是太阳升起的地方，属阳，最贵，所以皇宫中的东宫是正宫娘娘、太子的居所；西边是日落的地方，次贵，故西宫是妃嫔、公主、侍妾等的居所；皇帝处理政事和接受臣子朝拜时面南而坐。袭用于民间，北屋由尊者居，东屋首先分给儿子，女儿多住西屋；也因为西方属《周易》八卦中的兑卦，兑含年轻女性之意，所以西楼往往是少女、少妇住的地方。西楼东面对内侧的窗子大，西边对外，一般不开或只开小窗子。封建时代，女人依附于男人，比男人有更多的不幸，渐渐地"西楼"就成了闺思、私会、孤独寂寞的代名词。中国传统格律诗词中最早应用"西楼"二字,并把它与秋、月连在一块的好像是梁朝的庾肩吾《奉和春夜应令》:"天禽下北阁,织女入西楼。月皎疑非夜,林疏似更秋。"他之后有关西楼的名句如"遥知别后西楼上,应凭栏干独自愁。"(唐·白居易《寄湘灵》)、"闻道欲来相问讯,西楼望月几回圆。"(唐·韦应物《寄李儋元锡》)"醉别西楼醒不记。春梦秋云,聚散真容易。"(宋·晏几道《蝶恋花》)、"云中谁寄锦书来? 雁字回时,月满西楼。"(宋·李清照的《一剪梅》)等等,都是写离情别绪之愁,都和秋、月挂上了钩。

月如钩,即钩月、如钩之月,出现于上弦月或下弦月,前者在农历月初,中午12点月出,月面朝西,入夜18点月在中天,午夜24点月落,也就是上半夜可见而下半夜就见不到了;后者在农历每月下旬,午夜24点月出,月面朝东,次晨6点月在天顶,中午12点月落,故与上弦月相反,只下半夜可以看到而上半夜是没有月亮可见的。那么,词中主人公上西楼看到的是哪一种月亮呢? 不论今古,除非特殊情况,人们总是在太阳下山后的夜间赏月的,再由于上述古代建筑西楼的特点,他见到的自然只有上弦月的如钩新月。

梧桐,为什么不用别的落叶乔木呢? 中国文学最早把梧桐与生离死别的忧伤联系一起的,大概是南北朝(另说是东汉末)的乐府诗《孔雀东南飞》:"东西植松柏,左右种梧桐。枝枝相覆盖,叶叶相交通。中有双飞鸟,自名为鸳鸯。仰头相向鸣,夜夜达五更。行人驻足听，寡妇起彷徨。"此后相关的名句如"秋雨梧桐叶落时"（唐·白居易《长恨歌》）、"梧桐树，三更雨，不道离情正苦。一叶叶、一声声，空阶滴到明。"（唐·温庭筠《更漏子》）、"梧桐半死清霜后，头白鸳鸯失伴飞。"（宋·贺铸《鹧鸪天》）、"梧桐更兼细雨，到黄昏，点点滴滴，这次第，怎一个愁字了得"（宋·李清照《声声慢》）、"梧桐落，蓼花秋，烟初冷，雨才收。萧条风物正堪愁。"（五代·冯延巳《芳草渡》）等。

清秋，有的版本作深秋。"寂寞梧桐"已经说明梧桐孤秃，早已没有在晚秋风中簌簌作响的叶子，故清秋比深秋多一层清冷肃杀的含义。秋在五行中属金，金主肃杀，正是伤情的季节，前人故有"悲哉，秋之为气也。"（战国楚人宋玉《九辩》）、"秋声无不搅离心"（唐·杜牧）、"飒飒秋风生，愁人怨离别"（唐·孟郊）、"晓来谁染霜林醉，总是离人泪"（元·王实甫）等名句。

有了这些基础来读全词，上片景中有情，情中有景。无言，无人与谈、无话堪表、无力可胜也；独上，无人可伴、无人堪伴、无由需伴也；西楼，自古伤心地；钩月，不是象征团圆的满月，残缺的月亮孤独冷照于天空；寂寞，明确点出环境的凄清与词人心理状态；梧桐，一是借用焦仲卿夫妻情殇的故事表明自己独上西楼的原因，如今失去心中唯一后的伤痛与孤独；二是庄子《秋水篇》云："夫鹓雏，发于南海而飞于北海，非梧桐不止，……"（鹓雏、凤凰的一种。）如今，梧桐枯了，凤凰没有栖止之处就散了，同样表达孤独和伤痛。深院锁清秋，宽阔而冷清的庭院不但严实地封闭（锁）了眼前肃杀的秋色，自然也锁住了自己的哀伤和孤独，自愿或不自愿地与世隔绝了，这个"锁"字多么生动、多么传神。七个景语词组层层递进，从个体到环境及从表象到内心的孤独，一步一叹、一步一哭。不说忧伤凄苦，而忧伤凄苦自出，情寓于景，这就是作者的文字功夫和文学艺术素养的极深底蕴，是我们要细细体味和学习的。

上片的内容都相对具体，下片如果继续如此，对一首诗或词来说就缺少深度而不完整，因此下片一定要写出作者也就是词中主人公内心活动"虚"的一面。这至少可以有两种写法：抽象化，或通过具体事物或借用他人的成语。按后者易落窠臼，而抽象化很难，必须有足够的想象力和表达能力。"剪不断，理还乱，是离愁。"寥寥九个字就轻易地把全部情感活动跃然纸上。这"离"字既可是生离也可以是死别，不论是哪一种情况，反正离愁不是具体物件，如丝如麻如布如铁，自然是剪不断的，要梳理又不知从何下手，万千往事涌上心头，甜酸苦辣，越想越繁复越没有头绪，其结果无疑只会"别是一番滋味在心头了"。

全词短小精干，纯系白描，尤为难得的是，每一个字都是常用字，平凡朴实，字字含情，又看不出任何特殊的技巧；表现出来的感情自然、亲切、真诚、深刻、丰富、感人、美丽而又端庄，不俗、不淫、不艳，王国维赞它"神秀"，真是最恰当不过了。

七、望尽天涯路

词，到宋代发展到极致，晏殊是主要词家，他虽终生高官厚禄，而词风却含蓄婉丽，不俗不淫不艳。这首《蝶恋花》是他的代表作之一。

赏析此词之前先做一点铺垫：

菊、兰、梅、竹，古称四君子，因为菊之凌霜飘逸，梅之傲雪耐寒，兰之幽香独立，竹之澹泊清雅，它们都没有媚世之态，用之以寓人品的谦谦、高尚和雅洁。君子，是中国古代文人追求的目标，也是历代为尚的世态，所以它们自古就是士大夫文人诗词歌赋和绘画的重要题材，有关的作品汗牛充栋。例如：爱菊最有名的是晋陶渊明，他的"采菊东篱下，悠然见南山"是旷世之作，几乎无人不知。而以兰、蕙(兰的一种)自诩，最早的是屈原，《离骚》有云："扈江离与辟芷兮，纫秋兰以为佩。余既滋兰之九畹兮，又树蕙之百亩。"苏轼说兰"本是王者香，托根在空谷"。

罗幕即丝罗帐幕，也就是罗帐，一似今之窗帘庭幛。如《文选·陆机》："邃宇列绮窗，兰室接罗幕。"唐人岑参《白雪歌送武判官归京》："散入珠帘湿罗幕，狐裘不暖锦衾薄。"

明月，明亮的月光，按全词的意蕴，在这里应体会成团圞的圆月。

朱户，红漆的门窗，古代富贵人家的标志。

彩笺，彩色的作书写信的小幅纸，例如薛涛笺及一般的各色纸笺等。薛涛笺也称浣花笺、红笺，是唐代女诗人薛涛在成都浣花溪畔设计制造的，十分有名，李商隐有诗赞云："浣花笺纸桃花色，好好题诗咏玉钩。"

尺素，有二义，一指小幅的绢或帛等，古人多用以写信或诗文，如汉乐府《饮马长城窟行》："客从远方来，遗我双鲤鱼。呼儿烹鲤鱼，中有尺素书。长跪读素书，书中竟何如。上有加餐食，下有长相忆。"二代书信，《周书·王褒传》："犹冀苍雁赤鲤，时传尺素；清风朗月，俱寄相思。"清纳兰性德《采桑子·九日》："残更目断传书雁，尺素还稀。一味相思，准拟相看似旧时。"晏词中将彩笺、尺素并举，说明想寄出的诗词和信之多，相思想念之深。

全词简单的意思是：门前廊院里的菊花被淡淡的烟雾笼罩，模模糊糊，俨然愁态；兰草上的露水珠儿好像哭泣的泪珠。尽管厅室都挂有帘帷并不太冷，成对的燕子还是飞到南方去了。天上那圆圆的月亮不理解我孤单、寂寞、相思的凄苦，依然整夜整夜地穿过门窗斜照到我屋子里来。昨夜的秋风一夜之间就把树叶染红吹落，我想着心上人，独自爬上楼的最高处遥望，望极天涯，一无所获；想把怀念她的许多诗和信寄给她，迢迢长路，她在哪儿呢？

此词和前首《相见欢》"无言独上西楼"一样写离情别绪之苦之深，一样独上高楼。写法与前首不同之处在于上下片均以景寓情，情景交融；其次由于字数比前者多得多，心理活动足以借具体事务托出，而辞藻华丽过之。前词主人公是作者自己，是男性，而此词主人公则可男可女，凭读者个人理解。现在让我们试着进一步分析一下。

上片首句里的客观景物菊与兰，既隐示主人公的身份人品，又点名了秋天，还被作者人格化，以致暮霭（或晨雾）中的菊花好像脉脉含愁，兰叶上的露珠仿佛愁人流出的眼泪，为全词奠定了伤心孤苦的调子。"罗幕轻寒"的"轻"字，被历来的解读者认为是个形容词，就是微微有点冷，如果与下片首句"昨夜西风凋碧树"联系起来，一夜西风能把绿叶吹红吹落应该是深秋较冷时的景色，那么这"轻"字就该是做动词用。也就是说即使帘幕减轻了屋里的寒意，燕子还是耐不住而双双无情离我飞走了，言外之意包含燕子可以自由自在想走就走，而我不能。燕子在时，进来出去，呢呢喃喃，屋里还有点生活气息，我总算还有个伴，如今一个不剩地走了，我一个人守着偌大的房子，多么孤单多么寂寞多么伤心！其实"双飞去"三个字除了双双飞走，还有更深更多的含义，例如对燕子同进同出的羡慕，对心上人单独离开的遗憾、抱屈、和原因的怀疑等等。月圆人不圆，连那团圞明月也不理解我同情我，成夜成夜照进我的屋子，甚至照上我的床头，我终夜睁着眼睛无法入睡，连从梦里寻她（他）千百度的机会都被剥夺了。所有的这些具体景物——菊、兰、燕子、明月，在词人笔下拟人化，变无情为有情，怀人的感情就这样借景一步一步深入，越来越深刻；而"愁""泣""寒"为离别的心苦、神苦、形苦添加了份量。

下片是说，词的主人公听过昨夜整夜一阵紧似一阵的西风，苦思无获之后，早晨看见庭中树上原本绿色的树叶都吹红了、吹落了。别来又是一个深秋，更觉凄然，不由得登高楼远眺，也许心上人就在天边的某个高楼也在想着我，可是望极天涯，只有萧萧落木，莽然一片。缓步回房，看到为她（他）写的许多诗、许多信还整整齐齐堆在案头，不禁轻轻细语：亲爱的，你在哪儿啊，你在哪儿啊？

八、银河波浪几多重

款曲杯倾一烛红,差池樑燕剪春风。珠圆玉润月华丰。 雨霁晚莺啼婉转,云移桃萼影朦胧。银河波浪几多重。

这首《浣溪沙·戏赠亚光》是我写的。翻成白话: 上片说,在一个满月高悬、双燕呢喃的晚上,烛光里两个人一边喝酒一边倾谈;下片说,云开雨散,黄莺在枝头欢快地鸣叫,云影里的桃花看不分明。片片飘散的云使天河时隐时现,好像一波又一波的浪涛。

看起来只是一幅美丽的春晚欢聚图。有心的读者如果注意标题中"戏赠"的"戏"字,就该知道没那么简单,另有故事了。故事实质也许真的,也许是逗趣的。

原来,亚光是我儿时玩伴,他中学时有个同桌女友,周日常在一起做功课、玩儿,寒暑假信件频繁,关系远比班上其他同学亲密。亚光虽不魁梧,但很帅气,眉清目秀,齿白唇红,聪明伶俐,成绩优秀;那女孩白净温婉,善良能干,常不言不语,帮别人打扫卫生,同学和亚光的妈妈都很喜欢她。解放后,由于出身问题,她卫校还没有毕业,拗不过爹妈嫁给了在部队的亲戚。不知道隔了几年,"绿叶成荫子满枝""天涯芳草远"的他们又联系上了。自此,她常去看亚光的爹妈和家人,帮他们解决看病拿药等日常难事;他和亚光偶尔匆匆见过,相约每周四定时电话来往经年。无巧不成书,改革开放初期,他俩在重庆又不期而遇。

读了这个故事,如果你还知道有关典故,这首词的每一句话、每一个字就都鲜活起来,内容饱满、意趣盎然,引人遐想。红烛、双燕、春风、圆月、莺啼、桃影,满满的喜庆。首句的"一烛红"指"烛影摇红",古人照明用的蜡烛,红色的焰摇曳生姿。宋人王诜《忆故人》有"烛影摇红向夜阑,……"之句,后来《烛影摇红》就成了固定的词牌名。宋人周邦彦扩充王词为慢词"烛影摇红向夜阑,乍酒醒、心情懒。尊前谁为唱《阳关》,离恨天涯远。 无奈云沉雨散。凭阑干、东风泪眼。海棠开后,燕子来时,黄昏庭院。"(阳关,离别时奏的乐曲)两词都是讲男女离愁别恨,在我这首词里则用来双关男女久别重逢的具体时刻和快乐。末句"银河波浪"要联系前面秦观词"银汉迢迢暗度""胜却人间无数"的意思来体会。

上片第二句说双燕在梁上窝里呢喃情话(春风有多意,其一代表爱情;差池,是对剪刀样燕尾的形容词);第三句既指团圆满月（月圆人亦圆），也是对女人形体的赞美。下片头两句云雨、莺啼、桃萼既指当时时令物象，也要联系上下文来理解。那么，可能发生了什么，你能想象就无须我多嘴。

与此类似，唐人朱庆馀《近试呈张水部》诗：

> 洞房昨夜停红烛，待晓堂前拜舅姑。
>
> 妆罢低声问夫婿，画眉深浅入时无。

这首诗很有名，表面上是写昨天晚上新婚，第二天女的一大早起来打扮，准备拜见公婆（即舅姑），心里生怕装束不当、得不到公婆的喜欢，就含羞脉脉、轻声细语地问丈夫"你看这样行么"？实际呢，诗题里的"近试"二字已经说明：这位朱庆馀临近参加科举进士考试，心里没底，用新婚女子对公婆的担心比喻自己临考的担心，于是写此诗给当时与韩愈齐名的水部侍郎张籍来扬名造势，希望得到他的肯定和鼓励。

古人说诗无达诂，就是因为许多好诗好词都是一字多意、一语多关、一文多解、成篇含蓄温婉的，不能只看表面。为此，我们要了解写作者的时代背景和个人背景，要了解传统诗词里常用词汇的多种含义，要多读名作，还要有足够而合理的想象力，才能接近或完整体会作品。这里还可看出，现代白话诗与格律诗词在景境、情境、意境表达的深度和广度上，几乎没有可比性；而且不论你多高明，一旦把前人名作翻成白话，就索然寡味了。

九、试问画眉人

（一）

这是清朝石道人的画《临波照晚妆》（见图），老友傅苓发来问我题款诗上的字，我拿不准是"看"字还是"眉"字，如果是"看"就应是看花人，如果是"眉"就应该是画眉人。请教台湾中央大学研究清词的卓清芬教授，她肯定是后者，有百度为证。

石道人俗姓刘，名髡残号石溪，与八大山人、弘仁、石涛合称为"清初四画僧"，湖南常德人。这画画的是池中荷花和山石，题款"临波照晚装，犹恐胭脂湿。试问眉人，此意何消息。"显然这不是小令词而是一首五绝。第三句应是"试问画眉人"。

画眉是什么意思？说的是西汉名臣京兆尹张敞（见《汉书·张敞传》）替自己太太画眉毛的故事。"张敞画眉"在历史上被认为风流韵事，其实不过是闺房恩爱而已。故"画眉人"指的是女人的丈夫。

画家把画中的石头比作石道人自己，把荷花比作他的另一半。全诗是以妻子的口气来写的：趁着晚风对着池水看看打扮得咋样，心里怕脸上的红粉没干（湿字照应了池水，也就是临波的波），不禁试着问问夫君："你知道我担心胭脂没干是什么意思吗？"

读者，如果是你，你能"心有灵犀一点通"，知道她"湿"中消息么。

古代诗书画历来是读书人的业余爱好，一种副产品。如果你肚子里没有足够的墨水，或者把题款诗和画割裂开来，你就无法真正欣赏到它的艺术美；如果你没有足够的细腻感情，也就无法达到真正理解诗画合璧的深度。

考验的是文化素养。

（二）

由"试问画眉人"，你可联想到唐代朱庆馀的"洞房昨夜停红烛，待晓堂前拜舅姑。妆罢低声问夫婿，画眉深浅入时无。"诗面上是说新婚次日新娘起得很早，认真打扮等待拜见公婆。兴奋而又紧张，生怕疏漏、得不到公婆的喜欢和认可，所以在镜子里左照右照，反复问丈夫："你看行吗，爹妈会喜欢吗？"满满的小两口幸福。实际上从诗题《近试上张水部》就可看出这位朱先生对应进士考试心里打鼓，因此向乐于提掖后进的名人大官张籍摸底而写的深层意思。

你还可联想到杰出女词人李清照的"昨夜雨疏风骤，浓睡不消残酒。试问卷帘人，却道海棠依旧。知否，知否，应是绿肥红瘦"里的"试问"。这"卷帘人"明显不是丈夫而是佣女，说的也不是闺中之乐，其含义比较单纯，就是伤春，叹韶华易逝，青春不再；是否有悲时势伤离乱之感，那就要查清她写作此词的年月与背景才能定夺。此外，贺铸《横塘路》里"凌波不过横塘路，……试问闲愁闲几许？……"的"试问"，是借佳人之难得来抒发自己一生不得志的闲愁。一样都只是个人小算盘。

（三）

再回头来看石溪的诗和画，看两者是如何相得益彰的。

消息之一：古代的年轻仕女，今天的白领、蓝领、妙龄，大底都重视晨妆，这是整天给别人看的，晚上回家卸妆。画中的这位相反，她，身心只属于丈夫一个人，随时等待他的爱抚眷顾。她心里有数，丈夫一回来，进门第一件事是抱她亲她，自己脸上胭脂不干必然要在丈夫身上、衣上留下痕迹，被人（爹妈、孩子、乃至佣人）看见就有失先生尊严，甚至留下轻薄的话柄。这意、这内涵的消息不言而喻地表达了彼此的深情、彼此的爱护尊重和彼此心灵的契合。

消息之二：这幅水墨画只有石头、荷花和水，干干净净的简约。石头（隐喻石道人自己）意味着真诚、质地坚固、意志坚定，正是一个真男人的本色；荷花（隐喻画者的夫人），花中君子，洁身自爱、不染不妖、不枝不蔓，一个温良恭俭让的优秀女人；两两相配、亦刚亦柔，天作之合。水墨，一白一黑，爱憎分明，暗喻对彼此、对信仰、对人生半点都不含糊的认真态度。

消息之三：请你注意一下四画僧的身世。八大山人和石涛本是朱氏明皇朝的权贵子弟，一心反清复明；石溪和弘仁虽非贵胄，却和前两人有同样的心思；都因明知不可能而隐为僧的。这就是此画此诗表明心迹的深层含义。

区区二十个字的诗，内涵何其深广、何其隽永、何其文采！诗画结合如此精密，天衣无缝！足为写诗者师，足为读诗者导，不知读者以为然否？

当前，书法家、画家、诗家多如牛毛。虽然有自吹自擂的多种名号，拉帮互捧的架势来扬名立万、发财致富，相对浅薄，恐怕大多数很快就会一风吹散。

（四）

单看画，只简洁而对比显著的黑白两色；山石线条简单坚挺，没有太湖石那种俊俏妩媚的装饰美；其上的青草茂密，显示贫瘠环境中生命力之顽强；都是写意，这意，就是画家的本意、主张、人格，也是画这幅画的着力点。荷花呢，在石溪生长的南方，自然花期应在农历6—9月，叶萎晚在10月甚至更后。画里的花盛开而叶显枯败显然违背时令和实际，画家故意如此，有"一叶知秋"的时世感喟，同样是写意。唐人张璪说"外师造化，中得心源"，即此之谓也。

画很简单，石与花，一坚一柔。但从中可以体味到阴一阳、表一里、对一错、虚一实、简一繁、强一弱、清一浊、情一景、意一形等的强烈对比意境，总体显示了自然的中和之美。

诗文"临波照晚装，犹恐胭脂湿。试问画眉人，此意何消息"的含义在前面已经说过。单从诗看，前三句说的具体事实也就是"景"，末句疑问问的是"意"，表达的是"情"。景实情虚、景表情里、景简情繁、景浅情深、情景相生，正是写诗的要义，同样体现了自然中和之美。

诗题画上也是情景相生、互补，要做到天衣无缝、妙不可言，石溪此作堪称典范。我国的诗词书画、建筑、雕刻、园林，乃至于传统中医的阴阳表里寒热虚实、太极拳的圆融等无一不贯穿中和这条主线，也是我们欣赏传统艺术的美学底线。

（五）

有资料认为此诗画是石涛作品，我不认为是对的。

第一，石涛的别号很多，可查到的资料里没有"石道人"，他以画与书法驰名，其画奇、题画书方笔而且有点怪。晚年弃僧入道，定居扬州时，接驾康熙山呼万岁，并献《海晏河清图》，题诗："东巡万国动欢声，歌舞齐将玉辇迎。方喜祥风高岱岳，更看佳气拥芜城，尧仁总向衢歌见，禹会遥从玉帛呈，一片箫韶真献瑞，风台重见凤凰鸣。"以"臣僧元济（石涛法号）九顿首"落款，极尽歌功颂德之能事，完全抛弃了其早年反清复明意志。都说明石涛是个三心二意的人。

第二，石溪有明确的别号"石道人"，其画清丽，其题画书圆笔、有篆隶笔意。终身为僧，安于底层生活。画末题名"石道人小乘客济"里的"小乘"是释教"有声闻、大乘、小乘"之一；"客济"意为做客于济（南？）。这里他是进一步表明心迹：我永远是个和尚不成家、永远坚持本我、自我、真我，不改初衷、不变来变去趋炎附势。只有这样品格的人才可能有这样的诗画作品：借夫妻恩爱相守寄托信仰和做人的清白坚贞。（这里我不是褒贬反清复明，只是说明做人的道理）也许他骨子里有点低看石涛。

到此，我们有理由相信题诗第三句丢一个字、"人"字后多一点都是故意的。既说明我是和尚不是有家室的画眉人，又引你注意寻根问底理解我这作品的真实含义。避免"文字狱"和伤朋友之间和气乃其主要考虑，对创作的严肃、认真、负责更是一个真正作家、画家、书家的必然态度。

十、李白《峨眉山月歌》新解

中学教科书里一直选用了李白这首诗：

峨眉山月半轮秋，影入平羌江水流。

夜发清溪向三峡，思君不见下渝州。

对李白此诗的评价，历来是"神韵清绝""誉满千秋"，无多异议，但对"半轮"与五个地名的解释一直众说纷纭，近读李仕安先生（《诗词园地》2011年第1期，以下简称李文）对该诗的诠释后有不已于言者，兹结合文献做一探讨。

"半轮"的可能解释有三：一是半圆形的月只在农历每月初七、初八日的上弦月（中午12点月出，月亮面朝西，入夜18点月在中天，午夜24点月落，上半夜可见月亮而下半夜不见）或每月二十二、二十三日的下弦月（午夜24点月出，月面朝东，早晨6点月在中天，中午12点月落，下半夜可见月亮而上半夜不见）见之。二是月出时满月为高山遮掉一半好像是半个月亮爬上来，这种现象持续时间及影入江流的时间短暂，与本诗含意不符。三是李文认为"半轮"意为"秋半"即八月十五的满月，这一见解前人没有过，把半轮绕弯子地说成半秋似乎太隔了，远不如第一种解释现成。

"平羌江"的解释有二：一是指隋代设置的平羌县内岷江段亦即嘉州（今乐山）向北至青神的一段，在这一区域有岷江小三峡（或称平羌三峡，即熊耳峡、犁头峡、背峨峡）。二是青衣江（古亦称平羌江），于乐山草鞋渡处汇入大渡河而后于乐山汇入岷江。南宋范成大（见《吴船录》卷上）淳熙四年丁酉（公元1177年）六月，就是游峨眉山后放船过青衣，入湖瀼峡（即熊耳峡），由平羌旧县（平羌县宋代时废弃，故称平羌旧县）至嘉州（乐山）的。

"清溪"的解释有三：一是乐山下游犍为县的清溪驿，即马边河流入岷江交合处，持此议者占古今的大多数，似是人云亦云。二是指乐山上游岷江小三峡北面的板桥驿（见民国时期《乐山县志》）。三是泛指水清如镜的溪河而非具体的地名，这是我个人的见解，前人从未说过。

至于诗中"三峡"，前人及教科书的习见解释多主张指渝州下游的巴东三峡，即人们熟知的瞿塘峡、巫峡和西陵峡；少数指如上所述的小三峡，小三峡不但风光如画水清见底，而且江面比较开阔，其两岸包括乐山至渝州间的岷江段夹岸都无很高的高山。

诗中"思君"的"君"前人有两解，大多数认为李白"十诗九月"故这个君也是代指月亮，同时暗喻故乡与家人；另一说法就是泛指朋友当然也包括家人。李文则认为是具体指李白的朋友姓晏的和尚，可是和尚与渝州和三峡又有什么必然的联系呢？与李白此行的目的（仗剑辞亲、去国远游、遍干诸侯）有什么关系呢？诗最后一句的"渝州"，无疑就是今天的重庆。

对全诗的逻辑解释，古今最流行的是：公元724年，李白初次夜间取道岷江出蜀，从犍为清溪驿出发往巴东三峡及目的地渝州下行时，在船上看到上弦月荡漾波心的美景，心花怒放，午夜后月亮不见了，心里无限惆怅起来，因而引起对月（君）的怀念。这个说法我认为有五个存疑的问题。首先，巴东三峡在渝州下游而李白的目的地是渝州，两个地点同向且意思重复，使诗的内涵大打折扣，绝非李白所取。其次，既然指向巴东三峡为何又回头定点渝州？专门到渝州应该是此行的要义。第三，"清溪"如指离峨眉较远的清溪驿，那所见峨眉山月的影子应入于岷江而非平羌江。第四，如果"君"代指下去了的月亮而舍不得，留下来好了又何必急于出蜀？第五，李白文武双全、身强力壮，出蜀满心就是找机会一展才华的，看不见月亮会无限惆怅无限留恋并以之作为诗的主旨吗？与诗中"向""下"表现的急切心情显然不合拍。

前人也有人主张诗中的"三峡"指的是岷江小三峡，还认为李白夜发的"清溪"不是犍为清溪驿而是小三峡上游的板桥驿，逻辑上显然比前一说法完整，但行程吊脚，仍然与诗题《峨眉山月》扣得不紧，也未为多数人接受。

然则如何更合理地诠释这首诗呢？李白祖籍陇西，幼随家人迁居今四川江油。现在，让我们打开李白年谱："公元720年（开元八年）李白20岁。出游成都、峨嵋山，谒苏颋于成都（益州大都督府长史），颋甚赞其才，复励之以学。开元十二年甲子（公元724年），24岁，离开故乡而踏上远游的征途。再游成都、峨眉山，然后舟行东下至渝州。"据此，有理由认为李白在这次游完峨眉山之后，夜间（入夜或凌晨，但最可能是入夜）就近于山下的青衣江（用"清溪"泛指）买舟向岷江小三峡及乐山出发（与上述峨眉山—青衣江—湖瀼峡—乐山的路径相同）。峨眉山头的月与峨眉山的影子映照在青衣江（前已指出青衣江古也称平羌江）中，不但紧扣了诗题，而且诗中峨眉山月—平羌江（清溪）—小三峡—渝州这条链条的衔接就天衣无缝，完全解决了上述说法的五个存疑，对比由小三峡上游的板桥驿夜发也更顺当了。

那么，诗中所思的"君"又指什么？我的看法也完全不同于前人。请看李白在《代寿山答孟少府移文书》中自称要"申管晏之谈，谋帝王之术，奋其智能，愿为辅弼，使寰区大定，海县清一"；在《与韩荆州书》中有"白十五好剑术，遍干诸侯；三十成文章，历抵卿相；虽长不满七尺而心雄万夫"。都说明自己才高志大，不惜自荐。可见这次来渝州的目的很可能就是拜访某位位高权重、可以赏识和帮助自己的人，以峨眉的高峻、秋月的雅洁来比喻这个人，足见他在李白心中的地位和赋予的希望。全诗区区二十八个字，貌似写月实际抒怀，情景交融、意与兴合、内涵丰富、酣畅简洁，自然能流传千古。

十一、张若虚《春江花月夜》的方方面面

书法家、抗战老兵、湖南长郡中学优秀老教师梁承彦作品

春江潮水连海平，海上明月共潮生。

滟滟随波千万里，何处春江无月明！

（下平八庚、平起入韵、平平平仄平仄平）

江流宛转绕芳甸，月照花林皆似霰；

空里流霜不觉飞，汀上白沙看不见。

（去声十七霰、平起入韵、平平仄仄仄平仄）

江天一色无纤尘，皎皎空中孤月轮。

江畔何人初见月？江月何年初照人？

（上平十一真、平起入韵、平平仄仄平仄平）

人生代代无穷已，江月年年望相似。（望，一作"只"）

不知江月待何人，但见长江送流水。

（上声四纸、平起不入韵、平平仄仄平平仄）

白云一片去悠悠，青枫浦上不胜愁。

谁家今夜扁舟子？何处相思明月楼？

（下平十一尤、平起入韵、仄平仄仄仄平平）

可怜楼上月徘徊，应照离人妆镜台。

玉户帘中卷不去，捣衣砧上拂还来。

（上平十灰、平起入韵、仄平平仄仄平平）

此时相望不相闻，愿逐月华流照君。

鸿雁长飞光不度，鱼龙潜跃水成文。

（上平十二文、平起入韵、仄平平仄仄平平）

昨夜闲潭梦落花，可怜春半不还家。

江水流春去欲尽，江潭落月复西斜。

（下平六麻、仄起入韵、平仄平平仄仄平）

斜月沉沉藏海雾，碣石潇湘无限路。

不知乘月几人归，落月摇情满江树。

（去声七遇、仄起入韵、平仄平平平仄仄）

全诗36句252字，由九首古绝组成，分别押下平八庚、去声十七霰、上平十一真、上声四纸、下平十一尤、上平十灰、上平十二文、下平六麻、去声七遇。平仄交押，富于音乐感。它和白居易《长恨歌》一样为"歌行体"。

全诗含15个"月"字，36句中只12句（第1、5、13、16—19、25、29—31、34）与月无直接关系，可见"月"是诗的主线，由它把春、江、花、夜串连起来。

九首七古就是九个段落：

第一段"春江潮水连海平，海上明月共潮生。滟滟随波千万里，何处春江无月明！"相当于律绝诗首句的"起"。

明月照耀下，大地所有的春江，水波闪烁，绵延千里万里，东流入海。春日雨多，江潮喷涌与海的潮汐共舞，气势恢宏。春，万物生发，百花盛开，莺啼燕语，景象万千；历来男男女女寻春、踏春、赏春、伤春……见之于诗词者不可胜数，如张九龄的"海上生明月，天涯共此时"。遥夜思人，深情似海。最后一句为后八首开拓了辽阔、优美、深情的境界。

第二段"江流宛转绕芳甸，月照花林皆似霰；空里流霜不觉飞，汀上白沙看不见。"紧承首段末句发挥，赞美月的皎洁，点出题中的"花"。

曲曲折折的春江在芳草萋萋的郊原上缓缓奔流。洁白如霜雪的月光仿佛像轻柔的手抚摸着大地上的各种各样的花木，人们看不出它如何穿过天空。它和水边白沙州融成一体，也分不清彼此了。末句的"看"应读平声"堪"。

第三段"江天一色无纤尘，皎皎空中孤月轮。江畔何人初见月？江月何年初照人？"从上段描写月色和地上的景的扩展到描写天上的月本身和人事。

江水长天一片银辉，干净得一尘不染；天上只有孤孤单单的一轮皎洁的月亮。诗人不禁对此生发了与屈原《天问》与陈子昂"念天地之悠悠"相同的感慨和迷茫：月亮什么时候产生、又是谁首先发现它的？它又是哪年哪月第一次照见人的呢？这从实到虚的一问是全诗的第一个转折、第一个波澜、第一个探究，丰富了全诗的哲学含义。

第四段"人生代代无穷已，江月年年望相似。不知江月待何人，但见长江送流水。"接着从天上回到人间：

人代代延绵，生生不息。江上（中）的月亮好像年年是一个老样子。我不知道它在等谁，只看见江里的水流不断。由"逝者如斯夫，不舍昼夜"，发出"往者已矣""来者可追"的告诫和鼓励。

以上二、三、四段相当于律绝诗的"承"。从第二段赞美月色本身像"水流就下"一样的无私、高洁，到第三段的感喟、再到第四段的鼓舞读者，意蕴层层推进，一浪高过一浪。

第五段"白云一片去悠悠，青枫浦上不胜愁。谁家今夜扁舟子？何处相思明月楼？"

先做点铺垫：首句与崔颢"白云千载空悠悠"同意。"悠悠"有双关之意，一是忧思（语出《诗经》"莫往莫来，悠悠我思"）；二指白云来来去去，永恒无限。次句的"青枫浦"，在长沙岳麓山边，这里援引杜甫漂泊湖湘，坐船从洞庭湖沿湘江而上，经铜官到岳麓山边的"青枫浦"歇脚时写的诗《双枫浦》"辍棹青枫浦，双枫旧已摧"。(辍棹，停船的意思)扁舟子，指坐小船远游的人。明月楼，明月笼罩下妻室的房屋，紧扣诗题月亮。见月怀人的诗词很多，正如范仲淹《苏幕遮》词"明月楼高休独倚，酒入愁肠，化作相思泪。"第二句的"胜"应读平声。末二句的"谁家""何处"，概括天下所有的离人和思妇，由此也可见作者同情天下劳人的胸怀。

再来读此诗就清楚不过了。白云带着我的愁思，年复一年地来来去去。像我这样江边落脚、在外讨生活的人，哪个不和家人相互怀念，满心忧愁呢？请注意，与上三首比，此诗内涵已经不同：由虚到实、由物到人，由个别的自己推及谋生在外的所有游子，深情款款而调子低沉，即由"承"而"转"。

第六段"可怜楼上月徘徊，应照离人妆镜台。玉户帘中卷不去，捣衣砧上拂还来。"接上段进一步借月抒情：由普遍的同情到具体夫妻的情思心语。

楼上空可爱的月亮，光照着自己(包括所有游子)和妻子(包括所有游子的亲人)曾经共用的梳妆镜台，迟疑地不忍离开。窗帘卷它不走；妻子在江边洗衣时，水里的月亮拂也拂不走。诗人把月亮拟人化：就像我自己时时刻刻在怀念她，想紧紧地拥抱她。这种深情，反过来，她自然也一样。一卷一拂，既痴情，也无奈。

首句的"怜"，爱的意思。第三句的"玉户"，对女人住所的赞美词；捣衣砧，古人没有洗衣机，是在江边或池塘的石板（砧）上，用木槌捶打衣服，然后搓洗。李白《子夜吴歌》诗"长安一片月，万户捣衣声。"即此。

第七段"此时相望不相闻，愿逐月华流照君。鸿雁长飞光不度，鱼龙潜跃水成文。"紧接上段月的多情，转到人间具体的你我。夫妻只能遥遥相望，而不能当面倾诉。心想跟着月光来看你，可是月光不载我这远飞的鸿雁；我给你写的信，就像江水下面的鱼龙跳跃激起的波纹送不到你那儿。

诗中的"鱼龙"，泛指水族。按古人"鸿雁传书""鱼书"的"雁"和"鱼"都代信使。前者与飞鸽传书意同，如杜甫《天末怀李白》："凉风起天末，君子意如何？鸿雁几时到？江湖秋水多。"后者源自古乐府《饮马长城窟行》："客从远方来，遗我双鲤鱼。呼儿烹鲤鱼，中有尺素书。"后因以"鱼书"称书信，如晏殊《寓意》："鱼书欲寄何由达，水远山长处处同。"

第八段"昨夜闲潭梦落花，可怜春半不还家。江水流春去欲尽，江潭落月复西斜。"进一步刻画前段含义：离开你又是一个残春还回不了家，想你成梦。江水东流不能再返，青春飞逝不会回头，现在天又快亮，连想你的梦都做不成了，情何以堪。

诗首句是倒装句，即昨夜梦见花落闲潭。花落，残春景象；闲潭，水波不兴的深水洼或池塘。花落在静止的水上激起波澜，意在说明不但白天，连夜里觉都睡不踏实，做梦都牵挂你。第二句的"怜"意为可怜，"春半"即残春的意思。全句有两重含意：一指不是不想回家,而是回不了家;二是暗喻年华渐老、空度春光。第三句也有双重意思,一是江水快要入海,月下春江美景即将不再;二是人真的要老了,华年、幸福和憧憬即将不再。末句"落月西斜",指天快亮了,江月在潭中的影子即将消失。末句"斜"不读xié、应读xiá,那个"复"字,意思指春天和青春正一天天、一月月、一年年在奔波与思念中消逝。

第九段"斜月沉沉藏海雾,碣石潇湘无限路。不知乘月几人归,落月摇情满江树。"相当于起承转合的"合",总结前八首。

藏海雾,是前一段三、四句"江流入海""落月西斜"的浓缩,落月西沉,渐渐隐入江海共舞的水雾之中。藏,隐没也。碣石,山名,在河北省,语出曹操《观沧海》"东临碣石,以观沧海……";潇湘,湖南;一北一南代指全国。乘月,乘读去声,意思是趁月,即就着月光。摇情,摇是散播、洒落的意思。

全段是说:在落月渐渐隐于海雾之中的时候,不知全国有几个游子能有机会天不亮就急急忙忙赶着回家团聚。于是,落月依恋天清地景之情、月亮无私普照大地之情、照亮游子赶路之情、春江花木恋月之情,连同游子的急切回家之情、思妇盼望之情,以及诗人热爱自然、感怀千古、关心人间悲欢离合之情,都和月色一起满满洒落在江边树上了。当然也洒落在你我每个读者的心上,引起共鸣。

搞清楚了每段词句和含义之后,下面分析一下全诗。

就结构而言:

1.与典型的七绝相比,存在平仄不谐(如第一段的滟一处,第三段初见月—初照人等)、重字太多、三平落脚(如第三段的无纤尘)、押仄韵(如第2、4、9段)等,应为古绝句;兼有转韵,故属歌行体。

2.每段与全诗都各有规律的起承转合。全诗韵脚平仄错综交替,音韵和谐。月从第一段之"生",经钩月—满月—残月—落月到末段之落而"藏"是日日、月月、年年,循环往复的天象。诗人借此一过程中月色的变换,赋予它柔美—高洁—无私—普爱的性格,落实到人间悲欢离合的"情"字上,章法严谨,格调高雅。

3.全诗重复的字很多,月就有明月、孤月、江月、月华、斜月、落月,江有春江、江天、江畔、长江、江水、江潭。不、人、何、春、水诸字依次重复7、6、5、4、3次。但读来音韵和谐,意蕴各殊,毫无彼此碰撞和累赘之感。

就炼字而言,每个字、每一句都恰到好处,举几个例子:

首段的"生"字,用得自然,使江潮的起落奔涌、与明月升腾及其明暗变化的动态,跃然纸上。第四段的"悠"字,用得很巧,白云的飘忽与游人思妇的离愁无限,尽在其中。第六段"徘徊"二字妙在含蓄,月的多情,和思妇卷帘、捣衣时无法排遣离愁别绪的心态,结合得天衣无缝。

就炼句来说,如第六段"玉户帘中卷不去,捣衣砧上拂还来。"一卷一拂,就是一收一放;卷不去拂还来,既爱月之多情、又恨月之多事,这正是思妇复杂的心情。又如末段第三句"不知乘月几人归",不是说有多少人在回家路上,而是说有几个游子能够结束漂泊生涯就着月光回家团聚,充满了对游子无限的同情,隐喻了它背后天下劳人及其家庭的辛酸眼泪,真是言有尽而意无穷。

还要指出的是,它虽是歌行体,在音韵上依旧讲究阴起阳接(或阳起阴接,参见前面的唐诗部分)。全诗9段除2、4、9分别为去、入、去声韵外,其余首句末字(依次为平、尘、悠、徊、闻、花)都是阴平韵,次句与末句的末字(生—明、轮—人、愁—楼、台—来、君—文、家—斜)都是阳平。因此,读来抑扬清浊,声韵优美。

春、江、花、月、夜,是永恒存在的时空物象,诗人在赞美大自然的同时,结合古今变化和人间冷暖,表达其悲天悯人的情怀。情景交融,文辞婉丽,意境高远,音韵和谐,难怪被誉为"诗中的诗、顶峰的顶峰"。

十二、从柳永和柳词说开去

对柳永（生卒年月不确，约为987—1053）心仪已久，又听说福建武夷柳永纪念馆有毛泽东书柳永《望海潮》，2011年梦游中故有诗云"词人婉约柳屯田，绝代风流后与前。望海潮荣毛氏墨，从来金榜有遗贤"。来表达对柳永和柳词的看法和尊重。

柳永词开一代词风，来自基层，最具通俗性和人民性。却一直有人诋毁、腻他，甚至把他贬为"小有才而无德"（胡仔《苕溪渔隐丛话·后集》，人民文学出版社1962，p319）。

历史是发展的，文化（文学、书法、艺术等）随社会政治与经济的发展而发展。书法有"唐规宋意"之说，诗词亦然。总的说来，格律严谨的绝律诗受唐代强调法治等历史条件的客观影响；格律多样的宋词是宋代城市经济更趋繁荣、社会与政治长期稳定、思想意识与文化发展更大自由度的自然与必然的结果。词的发展脉络由隋唐曲子词，到北宋的文人词和稍后的平民词（即所谓的俚词），再到南宋因偏安而兴起的爱国诗词，都有其时代的必然性，都有各自的代表人物，柳永就是应时代而生的婉约词的首席代表，俚词的领头人。

柳永秉承《诗经》文脉，跳出晏殊、欧阳修文人词娱宾遣兴、空虚狭隘樊笼，大胆用平民通俗语言，描写底层人民的生活，才有今古诗人、词人都没有达到的"凡有井水处，皆能歌柳词"的创新性和平民大众化的双双美誉。人们对他"偎红倚翠"的求全责备可以理解，只是前面说过宋代文人狎妓本属吃饭、喝酒一样平常，何况他也是不甘如此这般的，《鹤冲天》就是一首发牢骚的词：表明"我是逼上梁山、没有办法才破罐子破摔的啊"。

古人"学而优则仕"讲的是文人首要在做官，欧阳修说"馀事作诗人"，苏轼认为词是"诗之馀"，可见词在文人中的分量小而又小。柳永才华横溢，只会填词吗？显然不是。可惜历史把那些有意无意地丢了。

前面提到过毛泽东书的柳词《望海潮》：

东南形胜，三吴都会，钱塘自古繁华。烟柳画桥，风帘翠幕，参差十万人家。云树绕堤沙。怒涛卷霜雪，天堑无涯。市列珠玑，户盈罗绮、竞豪奢。　重湖叠巘清嘉。有三秋桂子，十里荷花。羌管弄晴，菱歌泛夜，嬉嬉钓叟莲娃。千骑拥高牙。乘醉听箫鼓，吟赏烟霞。异日图将好景，归去凤池夸。

足以说明他对国家富强、人民生活安定的赞美；

他的《煮盐歌》：

煮海之民何所营？妇无蚕织夫无耕。

衣食之源何寥落？牢盆煮就汝输征。

年年春夏潮盈浦？潮退刮泥成岛屿；

风干日曝盐味加，始灌潮波流成卤。

卤农盐淡未得闲，采樵深入无穷山；

豹踪虎迹不敢避，朝阳出去夕阳还；

船载肩擎未遑歇，投入巨灶炎炎热；

晨烧暮烁堆积高，才得波涛变为雪。

自从潴卤至飞霜，无非假货充粮粮。

称入官中充微值。一缗往往千缗偿。

周而复始无休息，官租未了私租逼。

驱妻逼子课工程，虽作人形俱菜色。

煮海之民何苦辛，安得母富子不贫。

本朝一物无失所，愿广皇仁到海滨。

甲兵净洗征输辍，君有余财罢盐铁。

太平相业惟尔盐，化作夏商周时节。

足见他对劳动人民疾苦的同情；

他的《劝学文》：

父母养其子而不教，是不爱其子也。

虽教而不严，是亦不爱其子也。

父母教而不学，是子不爱其身也。

虽学而不勤，是亦不爱其身也。

是故养子必教，教则必严；

严则必勤，勤则必成。

学，则庶人之子为公卿；

不学，则公卿之子为庶人。

足以说明他重教育人的用心。

鲁迅说："……倘要论文，最好是顾及全篇，并且顾及作者的全人以及他所处的社会状态才较为确凿。""……倘有取舍，则非全人，再加抑扬更非真实。""腻"柳之评大错。

评价历史上任何朝代、任何政客及任何伟人名人只有两个客观标准，一是其存在是否符合历史的必然性，二是其作为是否符合人性，即人类的共性，是否真对老百姓好。用封建主义的道德观或现代的价值观做标准来批判不同时代不同背景的客观事物都是偏见、都是实用主义思维。

十三、两情若是久长时

秦观（字少游，1049—1100，北宋词家）《鹊桥仙》词的本事源于我国古代民间牛郎织女农历七月七日借喜鹊搭成的桥，夜渡银河相会的神话爱情故事。牛郎织女故事早见于汉代《古诗十九首》之七"迢迢牵牛星，皎皎河汉女。……盈盈一水间，脉脉不得语"和曹丕《燕歌行》"……牵牛织女遥相望，尔独何事限河梁"。鹊桥的神话，似以东汉应劭《风俗通》中"织女七夕当渡河，使鹊为桥"的记载为最早。也可能是从汉代起，民间将七月七日这一天定为七夕节。由于传说中的织女手巧、织品精妙无伦，年轻的女子都想学她，所以也叫乞巧节。每逢这天晚上，年轻的女子当空焚香顶礼膜拜，穿乞巧针（用一根彩色绣花丝线对着月亮穿过绣花针眼，一次成功穿过获得的喜悦最满意），向天上双星表达愿望：主要是祈求赐予心灵手巧，其次是祈求与自己的情郎永相厮守。唐代李商隐（813—858）似是最早完整描写这整个故事的，其《辛未七夕》诗云："恐是仙家好别离，故教迢递作佳期。由来碧落银河畔，可要金风玉露时。清漏渐移相望久，微云未接过来迟。岂能无意酬乌鹊，惟与蜘蛛乞巧丝。"秦词是：

纤云弄巧，飞星传恨，银汉迢迢暗度。金风玉露一相逢，便胜却人间无数。柔情似水，佳期如梦，忍顾鹊归路。两情若是久长时，又岂在、朝朝暮暮。

比秦观早用词牌《鹊桥仙》的似是北宋词人柳永（987—1053？其词为另体88字，内容与上述本事无关）、及稍后的张先（990—1078）与欧阳修（1007—1072）。后两人词与秦词同为双片，各5句3仄韵56字，而张词与上述本事无关；欧词中"鹊迎桥路接天津"只引用了"鹊桥"这一典故，并未深及牛郎织女本事。据此推论，词牌《鹊桥仙》的出现至少应在柳永之前，始创者何时、何人、缘何本事有待考证。

"纤云弄巧"，秋日天高云淡。纤云，指丝丝、片片、薄薄的云。它不断飘动变化，形成诸多多姿多彩的图案，借以指织女巧手所织的云锦。

"飞星传恨"，指牛郎织女双星闪烁的光似乎在彼此传递相思之苦和难见之恨。如把飞星理解为秋夜的流星，也未为不可。

"银汉"，即银河、天河。"迢迢"，形容天河的宽阔和两星相距之遥远，为了爱不怕长路奔波。"度"，意为渡过。"暗"有二解，一含七七夜间幽会之意。而另一说法，则更有人情味，更有故事性。相传，牛郎织女本天帝臣下，帝怜其辛苦、孤独而配为夫妻。后来，因为两口子贪图享受，疏于耕织，天帝惩罚他们分开，各住银河一边不得相见。而有灵性的喜鹊同情他们，每年七夕搭成桥供他们偷偷会面。

"金风"，秋主金，指秋风。"玉露"，晶莹的露水。二者都是秋景，都可代表秋天。例如杜甫《秋兴八首》之一中的"玉露凋伤枫树林"。李商隐诗《辛未七夕》中的"……可要金风玉露时"中的"金风玉露"连用，则单纯指秋天。秦词"金风玉露"连用不是单纯表明同一时令，更合理的意思应是分别代表牛郎、织女和他们双方对爱情的渴望和专一，才能与"一相逢"合拍。"一相逢"的"一"既是数词，指每年一次的团聚，更作副词"一旦"解。

"柔情似水"，"水"接应上片的银河，水无孔不入无所不适，借它温柔缠绵的一面来形容柔情最贴切不过。

"佳期"，"佳"意为美好，习指男女婚配或交合的日子或时刻。"如梦"，像梦幻一般飘忽，来得突然去得转眼。正如白居易《花非花》所云"来如春梦不多时，去似浮云无觅处"。

"忍顾鹊桥归路"，意思是连回去的路都不敢回头看一看了。

有了这些解释，对全词的理解不难。难，在于体会它艺术性的高度，试把同写七夕双星、同是56字的上述李商隐诗比较一下就清楚了。首先，李诗明显不如秦词文采。其次，李诗只是就事论事、自问自答：为什么要等到秋天才相会？怕是仙家喜欢久别吧! 一点也没有诗情画意的趣味和情感波折。第三, 李诗没有感人的余音。而秦词遣词造句华美、细致、精妙, 一下就抓住了人的眼球, 让你非读完不可。上片头三句不着痕迹, 概括了整个故事和双星相会的迫切深情; 下片头三句写尽了幽会的缠绵、短暂和分离的无穷痛苦, 多么凄美、多么深沉、多么令人同情, 回肠九转! 更为难得的是, 上片后两句稍有把天上双星配比人间情侣的现实意义: 他们一旦相逢, 碰出来的火花要比无数世俗男女碰出来的更为耀眼; 他们一年一度相逢领会的甜蜜和幸福, 要比无数世俗男女日夜厮混获得的总和还要深刻和巨大。为什么呢? 自然是由于他们的爱情圣洁、真诚、细腻、坚定, 经得起考验。下片后两句同样难得, 以议论形式道出了词人的爱情观, 进一步升华和歌颂了历久弥新、真诚纯洁的爱情。全词情景交融, 悲欢跌宕, 婉若蕴籍, 寓理想于现实之中, 堪称可垂千古的杰作。

今天的世俗如何呢? 读者您一定心里有数。

十四、从李清照《一剪梅》到"经典传唱"

红藕香残玉簟秋，轻解罗裳，独上兰舟。云中谁寄锦书来：雁字回时，月满西楼。

花自飘零水自流，一种相思，两处闲愁。此情无计可消除，才下眉头，却上心头。

这词是婉约词代表人物李清照（易安）的杰作，历来为人称道。《宋词选》（胡云翼编注，上海古籍出版社，1962，p186）、《唐宋词鉴赏辞典》（唐圭璋主编，江苏古籍出版社，1986，p664），几乎任何一本词选里都有它；但对其中"轻解罗裳""月满西楼""两处闲愁"，从来没人碰触过、细究过、认真解释清楚过。不搞清楚，怎谈得上深刻理解词意、领略它的艺术美。

轻解罗裳，一般解释或体会为轻轻地解开穿的丝绸衣服。还没上船，解衣服干吗？所以不是轻轻地解开衣服,而是缓慢地脱掉轻柔漂亮的衣服换件质量差点的"便服"。与秦观《满庭芳》"销魂,当此际,香囊暗解,罗带轻分"的"轻"字相似(缓慢、不急迫)而意有不同(秦词里含有羞涩、体贴之意),在这里说明词人独自划船外出是出于无奈、不得已借此来打发度日如年的时光。为什么要脱掉? 刻意表明丈夫赵明诚没和自己一起,我无意在人前招摇,甚至惹人议论,自爱而忠实的情愫溢于言表。

西楼,指与坐北朝南的的主建筑西边相连的楼,为什么不用东楼、南楼别的什么楼呢? 首先,如前第六小节分析的,"西楼"已经成为闺思、孤独寂寞的代名词。其次,从东边窗子照进来的月只有农历每个月下半月的月亮。而且,北半球由春夏到秋冬,月球渐于东北方升起,西北方落下,在天上停留的时间长,这就是月满西楼的道理。

闲愁,上述辞书都按通俗的解释为无端无谓的愁,显然有悖词意。《史记·魏公子列传》有句云"侯生乃屏人闲语"(把人支开说私密的话),故词中的"闲愁"是私密的愁,不愿为外人道的愁,也就是只属于两人的情愁,比别的夫妇情更深刻更美好的情感引起的愁。直白地说就是离愁,就是不能与丈夫耳鬓厮磨、肌肤相接、赌书泼茶为乐带来的相思之愁。为后边的"此情无计可消除""才下眉头、却上心头"提供了足足的铺垫。

"却上心头"换成"又上心头"会不会更好? 不,才下一又上是情愁的简单直接连续;"却"是个转折词,眉展(才下眉头)了愁该消了罢，没有，不但没有消除，反而攒到心里去了。意蕴曲折而深入，为"无计可消除"做了更好更足的注脚。

这"却"字、"闲"字和前边的"轻"字，足见炼字之精妙。

"红藕香残玉簟秋"，屋外的残荷和闺房中凉飕飕的竹点明秋令，但不止于点明时令。前者暗含词人以出污泥而不染的荷花自比，"香残"暗含因难耐的相思使自己容颜消损，正是"新来瘦，非关病酒，不是悲秋"。(李清照《凤凰台上忆吹箫》句)；后者暗含因丈夫不在而垫席更凉。

词上片头三句，引出其后三句。"云中谁寄锦书来"不是一般理解的问句，"谁"字也不是泛指，而是说词人等待南归的秋雁带来丈夫赵明诚的书信，从春等到秋、从白天—入夜—次日凌晨，望眼欲穿，天天如此。下片继续深化上片的离愁别恨：首句，表面是写景，实际是词人把自己比作花、把丈夫比作水，花因水流而飘零、我因你远离而落寞、而心神不定。随后三句是全词精华和总结，为历代诗词名家击节欣赏的绝唱。

这样，才算搞清楚了字意、句意。全词结构如流水行云，无一俗字、无一字可变易、无一句不兼数意，柔情款款、层层递进的缠绵悱恻，造就了其艺术美的极致高度：情意幽深隽永、字句清新雅致、语调婉转沉吟、音韵和谐优美，四者融合得天衣无缝。易安"现身说法"坚贞纯洁的爱情，比上边秦观词借牛郎织女故事的"隔靴搔痒"，自然更为感人。

中央电视一台《经典传唱》栏目把经典的唐诗、宋词、散文

（如《岳阳楼记》）用歌咏的方式呈现给大众，在宣扬和普及传统文化上起了一定的作用是好事，但质量有待提高。例如2020年5月3日播放的李清照《一剪梅》，歌手引吭高歌，偏头扭颈、闭眼皱眉，几乎声嘶力竭，听来噪音多于乐音，俗不可耐，哪里有半点儿原作深情的美、文采的美、意境的美。既远不如1987影片《红楼梦》里陈力"枉凝眉"原唱，也不及于文华唱的《兰亭序》。这不能全怪歌手，他只能按歌谱唱。不论谱诗、词或散文，谱作者首先必须精确理解原作的内涵和美的所在，才有可能写出较好的相应曲谱，不糟蹋传统文化，《经典传唱》也才能真正起到承传、陶冶情操和感人肺腑的效果。

十五、另只眼看李商隐的几首《无题》

　　你可能不知道李商隐是谁，但你一定熟悉"春蚕到死丝方尽，蜡炬成灰泪始干""身无彩凤双飞翼，心有灵犀一点通"。它的作者就是历史上素有"小李杜"之称、赫赫有名的李某。

　　李商隐（字义山，号玉谿生，生卒于大约公元813—858年）《无题》诗是隐晦一类情诗的最高代表，蕴藉含蓄故可咀嚼性强；描情细腻故余味悠远；意境深幻故有想象的空间；生动活泼、声色俱佳故艺术感染力大。不论用典还是叙述都情景交融、景情互映，既现实也朦胧，烟云缥缈，万象层生，至今广为传颂，对后世的影响极大。诗缘情，情诗与"诗言志""诗载道"自然不应同日而语。

　　读他的《无题》诗，难处在于典故太多，加以他不直取其意而加以自然而巧妙的延伸或转化，就更加扑朔迷离，耐人寻味。

　　言为心声，诗总是有题的。他的十首《无题》（《锦瑟》《碧城》《七夕》《对影》《来是空言》《飒飒东风》《相见时难》《昨夜》《凤尾香罗》《重帏深下》),其所以标之为"无题",是因为内容不好明说、不敢明说或不宜明说。前人对他的这些《无题》都有数不清的注释,可以说基本都是沿袭,以抽象对抽象,以朦胧对朦胧,隔靴搔痒,囫囵吞枣,把本来的情诗说成别的。

鉴于他处于晚唐流行女冠和青楼妓女的时代背景,这些诗(全文载于我的个人文集《情怀依旧少年时——老义工续集》)难免色情,不宜于年轻人阅读,故只选三首以飨读者。

如果没有亲身体验,没有天才和深厚的文字功底是写不出这样千古流传的动人诗篇来的。读他的诗也要设身处地地去理解,不以说教和求全来责备。"妙处难与君说",下面请您自行欣赏、体会、陶醉吧。

(一)《无题》"锦瑟"

锦瑟无端五十弦,一弦一柱思华年。
庄生晓梦迷蝴蝶,望帝春心托杜鹃。
沧海月明珠有泪,蓝田日暖玉生烟。
此情可待成追忆,只是当时已惘然。

"一篇锦瑟解人难",历来认为此诗最难注解,故众说纷纭。《唐诗三百首》(中华书局,1959)认为是悼亡之作;《千家诗》(浙江古籍出版社,1991)认为是作者自伤身世,年将半百叹人生如梦的追叙；钱锺书先生认为是"……二三联言作诗之法与诗之风格与境界……"（《管锥篇》）；近代评论家大都认为是借瑟隐题的"无题"诗；周汝昌说"玉谿一生经历有难言之痛、至苦之情……如谓锦瑟诗中有生离死别之恨，恐怕也不能说是全出臆断"。（上海辞书出版社《唐诗鉴赏辞典》，1983年版，p1126）只是"恐怕"，不是断定。

那么，如何正确理解这首诗呢？

诗一开头"锦瑟"的"瑟"字很关键，《诗经·关雎》里的"琴瑟友之"、元代徐琰《青楼十咏·言盟》"结同心尽了今生，琴瑟和谐，鸾凤和鸣"以及明代沈受先《三元记·团圆》"夫妻和顺从今定，这段姻缘凤世成，琴瑟和谐乐万春"。其中的"琴瑟和谐"都是讲男女（夫妻）恩爱，所以我断定李商隐此诗是借瑟隐题，内容寄如下具体生离死别的情爱。

诗的首句"没来由五十弦的锦瑟"为全诗定下了悲凄温婉的调子。根据《黄帝书》"泰帝使素女鼓瑟而悲，帝禁不止，故破其瑟为二十五弦。……非正器也"，锦瑟，绘有锦文的乐器，古瑟45弦，今瑟25弦（见1981年版《辞源》，2067页）。诗中50弦是按古瑟45弦四舍五入的。而据"思华年"（华年，即青春年华）结合"可待成追忆"推测，此诗是诗人将卒之前即44—45（或45—46）岁写的。这样，"锦瑟"就有两层含义，一是实际的乐器，借它的繁弦来表达青春年华哀伤缠绵的往事；二是诗人以锦瑟自代，同样按习惯的四舍五入，年近50不谋而合。诗第二句的弦柱，指瑟的每弦有可移动以定音色之柱;"一弦一柱"就是每弦每柱。只有如此多的弦和柱,才能产生变化多端的乐曲,才能表达生离死别、铭心刻骨的复杂情感:颔、颈两联"思华年"的内容。

如果目的在悼念明媒正娶的妻子王氏夫人,可以正大光明地写,以义山的才华完全可以写出苏轼、贺铸那样的悼亡名篇。如钱锺书先生所言,就不能与首尾二联意思合拍。那么,他隐的什么题,什么内容难于启齿呢?他追忆的"此情"是什么样的情呢?答案就在首尾两联之间的四句。可就是这四个典故,使历来的评论家仁者见仁智者见智,可能由于"为尊者讳""名人效应""知识面"等原因,都只称赞四个典故活用得文采、扑朔迷离、如梦如幻、别有境界,而没有究其具体本源,都只打了个擦边球。

"庄生晓梦"源自《庄子·齐物论》"庄周梦为蝴蝶,栩栩然蝴蝶也。自寓适志欤,不知周也。俄然觉,则蘧蘧然周也。不知周之梦为蝴蝶欤,蝴蝶之梦为周欤?周与蝴蝶,则必有分矣。此之谓物化"。蝶梦醒来("俄然觉"的白话),蝶已物化(死亡),只剩下自己庄周,故义山又有《秋日晚思》的"枕寒庄蝶去,窗冷胤萤销"之句,"枕寒""窗冷"足以说明与自己同床共枕的妻子或情人"蝶"已经死了。

"望帝春心"源自《华阳国志·蜀志》:"杜宇称帝,号曰望帝。……其相开明,决玉垒山以除水害,帝遂委以政事,法尧舜禅授之义,遂禅位于开明。帝升西山隐焉。时适二月,子鹃鸟鸣,故蜀人悲子鹃鸟鸣也。"杜宇既然把皇位禅让给贤宰相开明而隐居,照理应该超然自得,为什么又心怀故地、忧伤啼血致死而化为杜鹃(即子鹃,亦称杜宇)呢?传说后来开明勾搭了他杜宇的妻子,沉溺于酒色,失于政务,所以他担心老百姓受二遍苦、二茬罪。还有传说四川遍地杜鹃花之所以红,就是杜宇啼血染红的,多么凄美的故事啊!诗里"春心托杜鹃"寓含春情不再,春心已亡,又一个情人死了。

"月明珠泪"这典故,前人都是引用《博物志》"南海水有鲛人,水居如鱼,不废织绩,其眼能泣珠"与《史记·龟策传》"明月之珠出于江海,藏于蚌中……"来解释,没有具体说明它实际到底表了哪段"情"。还是汉杨雄说的"椎夜光之流离,剖明月之珠胎"(《羽猎赋》)启发了我:江海生蚌,蚌产明月之珠(即珠胎),犹言妇女怀孕。义山活用此典说明她这个情人怀了他的孩子。

前人对"蓝玉生烟"典故的解释是"良玉生烟",有如"剑气冲牛斗"(如王勃《滕王阁序》"龙光射牛斗之墟"),和解释"月明珠泪"一样以空对空,例如周汝昌先生说:"玉气上腾,远察如在,近观却无,代表了一种异常美好的景色……"又说"颈联两句所表达的是阴阳冷暖,美玉明珠,境界虽殊,而怅惘则一。"(上海辞书出版社,《唐诗鉴赏辞典》,1983年版,p1128)周先生没有想到,义山这里故意隐藏了"蓝田种玉"(典出晋·干宝《搜神记·卷十一》见后附)的含义,有了玉才可能有"玉生烟"的。有名的婚联"诗题红叶,玉种蓝田"就是由此派生,祝贺新婚夫妇早生贵子。所以"蓝田日暖玉生烟"暗含义山另一情人替他生过孩子，如果不是不能相认，就是和烟一样消散了，多么不幸，怎地不饮泣个死去活来。

不禁要问，李义山受什么启发引用这四个互不相关的典故？偶然吗，太巧；寄托身世吗，太隔；只是怀念一个人吗，过于堆砌、拙于重复。这些都是诗家所忌。钱先生"论诗"之说就更离题。而最可能是受四个情人名字蝶、春、珠、玉的联想，蝶、春、珠、玉正都是最常用、最多用的女人名字，有了她们，"此情"才实在，才是义山追忆的实体，是华年具体的难忘经历。

四段情缘都没了：两个情人死亡，两个孩子都没好结果，多惨！不但发生的当时悲痛万分，直到晚年回忆起来仍然肝肠寸断、痛不欲生了。如是就有了尾联："此情可待成追忆，只是当时已惘然。"

如此回头看全诗，就不再扑朔迷离而十分清楚了：首联诗人以五十弦锦瑟自比老了，回忆桩桩往事一如不同的弦柱表达的种种感情；颔、颈两联承接说明铭心刻骨的具体往事；以尾联作结，哀叹不已。

此外，我们还要领略"锦瑟无端五十弦"弦外之音的奥妙：首先是起得既突兀，又让人摸不着头脑，非让你不继续往下看不行。其次，你（锦瑟）为什么要有那么多（五十）的弦？没有你也许我就不会如此痛苦，表达的心理是"怨"；幸亏你有那么多弦同情为我诉述难于言表的悲凄，表达的心理是"感恩"；一反一正，似不合理但合情。三是说"无端"实有端。四是颔、颈两联貌似意向，疑点层生，实是虚中藏实。都可见作者驾驭文字的高超与表达感情的深度艺术能力，故其在众多唐宋诗人中罕有匹者。

附《搜神记》"蓝田种玉"典故出处：

杨公伯雍，洛阳县人也。本以侩卖为业。性笃孝。父母亡，葬无终山，遂家焉。山高八十里，上无水，公汲水，作义浆于阪头，行者皆饮之。三年，有一人就饮，以一斗石子与之，使至高平好地有石处种之，云："玉当生其中。"杨公未娶，又语云："汝后当得好妇。"语毕不见。乃种其石。数岁，时时往视，见玉子生石上，人莫知也。有徐氏者，右北平著姓女，甚有行，时人求，多不许。公乃试求徐氏。徐氏笑以为狂，因戏云："得白璧一双来，当听为婚。"公至所种玉田中，得白璧五双，以聘。徐氏大惊，遂以女妻公。天子闻而异之，拜为大夫。乃于种玉处，四角作大石柱，各一丈，中央一顷也。名曰"玉田"。

二、《无题》"昨夜"

这是《无题二首》之一，之二是一首绝句，历来评注者认为是寓意君臣之作或追忆昨夜桂堂聚会（刘学锴《李商隐诗歌集解》）。

昨夜星辰昨夜风，画楼西畔桂堂东。
身无彩凤双飞翼，心有灵犀一点通。
隔座送钩春酒暖，分曹射覆蜡灯红。
嗟余听鼓应官去，走马兰台类转蓬。

首联（头两句）讲的是故事发生的时间和地点：时间是春夜，星河朗朗，暖风习习；地点是华屋之中，气息温馨；天上人间，佳人在抱。颔联说的是两人形隔心通，相互渴望：古人认为犀角灵异，角中心从基部到角尖有一条不间断的白色角质线，诗人用以表达她我双方心灵的契合和相守。颈联说的是私会的机遇和前奏，既是对意中人今夜参会、有意等我的实在设想，也表达了义山的向往和感慨。尾联（最后两句）叹息自己像风中蓬草般不能自主，一再失掉私会的机会。

"昨夜"，并非实指昨天夜晚而是以前的多个夜晚，因为诗中的男女两位主人公早已灵犀相通（心心相印，非一日可致）。

"身无彩凤双飞翼"是说两人都没有翅膀，不能自由见面，这样只能等待朋友酒会的机会。要是有翅膀，就不这么难熬，随时可以飞来飞去私会了。下一句"心有灵犀"是对这种难熬的自解，也是对心爱人的慰藉。全联一无一有、一悲一喜、一外一内、一失一落互慰，矛盾统一于情丝缕缕之中，把那种复杂、微妙、苦恼、期待的心理状态不着痕迹地刻画得细致入微、淋漓尽致、前无古人，因而成为后世广为流传的绝唱。

"送钩"类似击鼓传花，钩停在谁手谁喝酒；"射覆"就是猜灯谜或者把东西罩在碗（或巾）下让人猜，都是同在酒宴上娱乐的把戏。诗中的酒会是农历过年时节的，故云"春酒""蜡灯"。"分曹"，参会者三三两两一起琢磨之意。

"听鼓应官去"指听到报时的鼓声就要点卯上班去，"应"

字按声律要读平声"因";"兰台",唐代御史官署,义山当时是所属秘书省校书郎;"转蓬",在风中飘荡的蓬草,说明当官差身不由己。

直白地说,全诗意思就是:诗人自己在人家彩绘楼台西边的、桂木建造的厅堂东面隐秘处多次和意中人幽会,情投意合,心有灵犀。今晚又在酒会上相遇,本可以一如既往再次温存,可惜自己要当值去了,空留无限遗憾。

三、《无题》"相见"

"相见时难别亦难"的两个"难",字虽同而意不一,前一"难",做困难、罕有见面机会解;后一"难"做难舍难分、难以忍受解。比李煜的"别时容易见时难"尤为深刻。第二句既指暮春景象以引出下联,也隐含春心破碎、春情倍受折磨,"流水落花春去也"的心境以补足前句之意及启动下联。颔联首句的"丝"双关思念的思,下句的"泪"既是烛泪也是相思之泪,实际就是表白自己用情的极致,虽九死不悔:一如春蚕濒死而仍吐丝、蜡烛将完而犹滴泪。颈联要注意"应觉"二字("应"字此处应读平声"因"),才能理解此联是设想对方晨妆照镜,发现头发因怀念他而变白;夜晚徘徊苦吟竟夕,月冷心寒,深化了张九龄《望月怀远》"竟夕起相思""披衣觉露滋"意,推人及己,既说对方,当然也说明自己因韶华易逝、容颜易老;扩而言之就是希望彼此珍重以待后期。蓬山，仙山，指意中人即女郎住处；青鸟，传为西王母传递信息的神鸟，代信使。尾联说明义山无奈之下，只好幻想委托神鸟多多地去看望心中依恋的她，替自己传达至死方休的深情痴意。

相见时难别亦难，东风无力百花残。
春蚕到死丝方尽，蜡炬成灰泪始干。
晓镜但愁云鬓改，夜吟应觉月光寒。
蓬山此去无多路，青鸟殷勤为探看。

"春蚕到死丝方尽，蜡炬成灰泪始干。"在原诗中只是表达对情的至死不渝，却是后人借来励志的无上佳句，誓言对事业的始终不懈。你看，春蚕作茧，情丝自缚，丝吐完就死了；蜡烛自燃，频挥热泪，泪滴完，烛也成灰了。对情对事业，世间还有比生死相许更感人更高洁的么？蚕吐丝、烛照明是极为寻常的物象，义山赋予如此深刻的内涵，其才情旷古难得，信然！

结束语：真正的好诗源于生活，源于真情实感，得之于"清水出芙蓉，天然去雕饰"。

附录：我亲身经历的旧时代中小学教育

一

五四新文化运动以前，没有"小学教育"这个词，那时只有私塾。私塾无须上级批准，私塾规模由几个学生到几十人不等；私塾先生文化程度不一；地点或在先生家、多数设在公房如宗堂祠堂之内；总体适应当地需求和条件。

当时，心智未开的幼儿或者开始认字读书的孩子叫作蒙童，两三岁到十几岁的都有。他们集中接受基础传统文化教育的私塾叫蒙童馆（或村学）。发蒙晚的自然大多是缺衣少食的或者近处没有蒙童馆。

蒙童馆用的教材较多，常用的如综合性知识读物《百家姓》《三字经》《千字文》。《百家姓》最早版本含568字、504个姓（增补版本的字与姓都有添加）、四个字一句。主要是认字，基本不成文、也就是没有连续的含义。《千字文》含7章1000字，也是四个字一句,每句都有自己的成文含义。第1章讲自然常识、第2章讲社会历史知识、第3章阐述传统的伦理道德、第4章讲君子修身之道、第5章叙述历史风云人物与名胜古迹、第6章讲君子立身处世、第7章说修身齐家。《三字经》含1722字,内容涵盖我国历史、地理、天文、伦理道德和民间传说。其英译本被联合国教科文组织选入"儿童道德丛书"。

古人历来重视家教、尤其以身作则寓教于生活习惯和伦理之中者有《朱子家训》,为四六句式的骈体文、共525字。《增广贤文》由增补《昔时贤文》而成,散文性质、4500多字,是集民间生活经验而成的谚语与格言。

《幼学琼林》内容比以上都复杂,全书4卷,包含天文地理、衣食住行、婚姻家庭、生老病死、人情世故、制作技艺、花木鸟兽、格言警句、神话传说等等,集知识性故事性与趣味性于一炉。正文约两万余字,四六骈体文体,读来顺口好记。

以上这些书基调是修齐治平,优点在于谐韵,读来上口,便于记忆。私塾先生主要要求孩子们背诵如流、进而能识能写,对内容并不解释或不详细解释,用心读、读得多、自然就会不同程度地融会贯通(熟能生巧)。稍大一点,就增读《千家诗》,其通行版本涵盖以唐宋名家为主的122个作者,包括山水田园、往来赠答、伤今吊古、思乡怀人等广泛题材的律绝诗1281首,大都清新隽雅、浅显易懂、好读易背。与学诗配套的有按旧四声上平、下平次序编写的韵书《龙文鞭影》,四字一句,两句一联、两联押韵成偶;每四句讲一个历史掌故。熟读此书，写传统格律诗就基本不愁压错韵了。

可见当时的蒙童馆相当于今天的小学，学的以上内容集中在基础知识、做人的道理、社会道德和家国情怀。对今天的我们来说，取以上八种蒙学旧书之长，而不要纠缠于其某些过时的旧思想意识。

我没有上过蒙童馆，但在1944年冬有不到3个月的私塾经历，读了半本《大学》《中庸》《左传》和许多篇古文。老师是望城阿弥石窑坡的乡儒周金铭三叔，他是我爸的同窗好友。

二

1919年五四运动以后，新学兴起，随之就有了初、高小学。民国时期的四年制初小和两年制高小有公立与私立两类，例如长沙城乡就有县立的五所高小（拔尖的如东乡沙坪的四高；尤其是霞凝乡范棠坡的五高，教师都是大学毕业生），私立的大多是族学和开明乡儒自办的。我们望城铜官梁氏有梁北冲美群一小和梁家垄群益二小，于1921年由我父亲厚馀公和七叔鸢聪公主持兴办，一直延续到1951年被改造为止。梁姓子弟免费入学；在教室可容纳范围内兼收周边外姓子弟入学，并且只收书本费，有时外姓子弟比族内的还多。

民国初、高小学的教授科目（国文、算术、珠算、写字、作文、手工图画、唱歌、体操、自然、历史、地理等，个别加授英文、生理、甚至辩证法三大规律等）与教材基本是国家统一规定的，惟语文教材有部编的和由硕儒如叶圣陶等组织自编的。后者当时的著名出版商有中华、商务、开明等等；还有可供选择增添的活页文选，琳琅满目，十分繁荣。都贯穿着修身齐家爱国、基础知识、生活技能、礼让诚信、公平正义的观念。

今天的"语文"，在民国时期叫"国文"，细味起来它们的含义有别：前者是语言文字，后者是国家传统文化（泛指受我国的传统熏陶影响而形成的文化）。

我、姐姐和二哥先后都于群益初小毕业的，最后一年加读了许多活页文选的文章如"林觉民绝笔书"、袁枚的《祭妹文》等等。我们三人先后也都是离家四十多里的县立五高毕业，在那里我们学会了独立生活。辩证法三大规律（对立统一律、质量互变律、否定之否定律）就是当时丁伯俞老师教的。

那时国文课的文章都是要背诵的，现在都还能背出一些来：

《祖母的眼镜》

祖母有副眼镜，铜边好像黄金。我拿来戴上，觉着头发昏。低头再向地上望，高高低低路不平。难道她不怕头昏，不怕路不平，为什么做事、走路，她总是戴着眼镜？

《壁上一只钉》

壁上一只钉，钉上系条绳，绳上挂个瓶，瓶下放个盆。牵动了绳，落掉了钉。跌下了瓶，打碎了盆。盆骂瓶，瓶骂绳，绳骂钉。

《鹬蚌相争》

蚌在沙滩上，张开他的壳，向着太阳晒。鹬来啄他，蚌壳合拢，把鹬的嘴钳住了。蚌说："今日不出，明日不出，饿死你。"鹬说："今日天晴，明日天晴，干死你。"鹬和蚌两不相让，老渔夫走来，把他们一起捉去。

《萤火虫》

萤火虫，点灯笼，飞到西，飞到东。飞到河岸边，小鱼正做梦。飞到树林里，小鸟睡得浓。飞过张家墙，张家姐姐忙裁缝。飞过李家墙，李家哥哥做夜工。萤火虫，萤火虫，何不飞上天，做个星儿住天空？

《稻草人》

稻草人，田中立。披蓑衣，戴箬笠。左手挥着大蒲扇，右手舞着小纸旗。莫问霜露浓，哪怕风雨急。为了保护农作物，草人朝暮不休息。害稻虫，偷谷鸟，见识浅，胆量小。草人身体摇几摇，虫儿、鸟儿四散逃。家家庄稼多，处处穗头饱。待到秋来收成好，草人功劳真不小。

《四季歌》

春风能解冻，和煦催耕种，茎株得催青，花气时相送。

夏风草木薰，生意自欣欣，小立池塘侧，荷香隔岸闻。

秋风杂秋雨，夜凉添几许，疏桐不绝声，落叶低徊舞。

冬风似虎狂，书斋尽掩窗，镇日呼呼响，鸟雀亦潜藏。

《踏雪寻梅》

某山庄梅花颇甚，汪生孚永乃踏雪而寻焉。批大氅，持手杖，缓步出门，冷风扑面，若无甚佳趣。继而抵山庄，楼阁玲珑，粉妆玉琢。诗曰：不嫌寒气侵人骨，贪看梅花过野桥。

《指路碑》

乡有三岔路，碑石屹然竖。上有字数行，可作迷途助。向北至何方，往东到何处。有人不识字，冒昧向前行，应北偏西转，依稀十里程。回头风景异，四望始心惊。

《贪》

瓶中有果，儿伸手入瓶，取之满握，拳不能出，手痛心急，大哭。母曰："汝勿贪多，则拳可出矣。"

《梅兰竹菊》

梅，暗香疏影百花魁，冰雪姿，绿瘦红肥。

兰，叶青茎紫影姗姗，抱孤芳，空谷深山。

竹，虚心高节叶如个，自生凉，月下婆娑。

菊，傲霜挹露东篱下，吐黄葩，争媚晚霞。

《父母之恩》

人初生时，饥不能自食，寒不能自衣，父母乳哺之、怀抱之。有疾，则为延医诊治。及年稍长，又使入学。其劳苦如此，为子女者，岂可忘其恩乎？

《卞庄子》

卞庄子，雄赳赳，气昂昂，一把宝剑提在手，一心想刺虎咽喉。那朋友，忙摇手，你的力气虽然大，一人万难敌两兽。我想老虎吃一

牛，到后必定要争門，不到一死一伤不肯休。那时候，你就轻鬆能得手。（注：后两句记得可能不准）

又例如上面说过的"林觉民绝笔书""韩愈的祭妹文"，以及萧红的散文（战云密布了，动员令下了，我自己还不明白便要开往前线去了。父亲站在门口，萧萧白发，妹妹扶着他，一声儿不响。我打死了人家，人家打死了我，就像打死了一只狗一般，半点价值都没有，真是从何说起。……）都还能背诵许多。其原因是那时的国文偏于"日常生活""人性情感""常识"，加上韵文，朗朗上口；而今天的语文偏向于"技术""知识""说教"，这些虽然重要但对孩子来说都嫌过早，也没有韵文的好记背诵，因此对儿童人格形成的影响力远不如国文。

70岁以下的读者，您还能背得出您小学读过的语文吗？

这些，对今天的小教改革有没有参考价值呢？毕竟，做人、做什么样的人是一切的基础。

其实从孔孟起，教育的目的就是育人。韩愈诠释为传道、授业、解惑，传道就是教人以做人之道。毛泽东的"做一个纯粹的人""为人民服务"也是讲做人。纯粹的人就是心无名利地位杂念、堂堂正正的正派人；"为人民服务"是做人目的之大者，并不排斥为自己为家人正常生活的努力。从"破四旧""书读得越多越蠢"到"一切向钱看"，教育偏离了正道，以致原有社会伦理道德不再、各行业假大空骗流行，假论文、假学位、不干实事……，层出不穷。

真正的做人之道就在于表里一致、言行一致，真正的纯粹。

三、抗日战争时期的中学

一

湖南是一个中学教育十分发达的省。单长沙的名校如长郡、广益、明德、岳云、楚怡高工（1909）、稻田师范、周南、明宪、第一师范、修业农校（1912）等几十所都始于清末民初。广益（今湖南师范大学附属中学前身）是民国先烈禹之谟先生1905年创立的，位于长沙市熙宁街。抗日战争时期几次迁徙：陀市、1939年迁常宁柏坊太平街。我哥承彦是陀市初34班，我是40班（1940年秋–1943年秋）毕业的，我哥和我至今还记得唱广益校歌。与由于时势巨变造成许多历史的失实一样，校歌的词与谱随之在网上误传。原校歌歌词应是"广益、广益，湖南革命策源地。先烈艰辛难尽述，耿耿精诚、都付与莘莘学子。愿学业修明，愿效忠党国。继往开来、同心努力。广益、广益，光荣犹未已。"我只会唱词与谱，遂请原省歌舞团、今长沙交响乐团团长胞侄卫平把它原汁原味写成书面的。

1940年我随乡亲周清华（当时广益高中好像是第18班）从长沙乘火车到衡阳东站下车，过江就是泰梓码头。几个同学联合找个挑夫挑上行李，沿岸南行到黄土岭，搭乌蓬船溯江而上。水浅流急，很多地方船夫需要下船背纤，船妇掌舵。有时我们下船赤脚嬉水，偶尔也帮拉一段纤绳。途经水口山约两天一夜工夫才到常宁柏坊，再爬山越岭八九里，过林荫蔽日的禹憩山，就是母校广益临时所在地：太平街的尹家祠堂和李家祠堂。

李祠小，只够初一两个班用，二年级就要搬到距离两百米左右的尹祠去。李祠围墙外是个荷池，前边一马平川；靠左几百米外有个教堂，和学校没有来往，也没见过外国人出入，悠扬的钟声却怪好听的。围墙里只有一个篮球场，体育课大多要到邻居的晒谷场去。一间宿舍两层铁铺要住二三十人，人多气味不好不说，最恼人的是躲在床缝里和帐筒子里的臭虫（bedbug），白天看不见找不着。一到夜里就出来咬人，那时我们年纪小睡得死，早上起来满身是疱，痒得攒心，非反反复复地抓到流血不可。别看这小东西又脏又臭又低级，它特警觉，你一动或一见光亮就跑。深夜它有时成群结队地在帐子缝边上爬，肚子要么鼓鼓的吃饱了喝足了往"家"赶，要么瘪瘪的正贪婪地找目标下手，可这就轮着它倒霉了。我们常常拿个有玻璃罩的小煤油灯，用罩口顺势贴帐缝一刮，天网恢恢，它们就全落到如来佛的手心里，十分令人解恨。另一件恼人的事是得"闹疮子"，实际上这是一种接触性皮肤寄生虫病，人住得越挤越容易传染流行，几乎十个同学就有七八个染上。病起，只是一处两处痒痒，抓来抓去就起泡、出血、流脓、结痂，反复结痂反复抓掉；或者疮口粘干在裤衩上，一撕见红肉、痛得很。手抓到哪儿哪儿就长新的。一个一个从黄豆到枣核大小，特别是屁股上厉害，常连接成片，挨不得板凳，上课时经常只能坐小半个屁股。有一种叫"硫磺软膏"的外用药能治，可那时日本鬼子占领了大半个中国，三进三出湖南以致沦陷，学校不得不先后往更偏僻的庄泉、宁远搬迁，要找药谈何容易。

1943年秋，日本鬼子有两个炸弹丢在尹祠对面不远的山上，一个在半山腰、一个在山脚一口塘的塘墈上。大家好奇，成群结队远远地去看，一个突然开花巨响，泥土纷飞，把大家把我吓死了，侥幸没有伤人。

日子很苦，有时吃饭都成问题。但传统校风没有变，老师阵营整齐，教得认真，学生学得刻苦。我们口袋里几乎都装着袖珍英文小字典或者定理之类的小词条，连蹲厕所也拿出来念。记得有个教初一英文的彭友梅男老师，脑袋上的"西式"发型，经常梳得光溜溜的，板书最常用的两个举例单词是Mr.Chang's pen，Miss Lee's flower（那时没有汉语拼音，所以姓氏拼法有异）。他特别和气，满脸笑容，他一进教室，大家就齐声笑着照他的口气喊"Mr.Chang's pen， Miss Lee's flower"，他也不生气。还有个新聘的据说本来教大学物理的马季凡老师，高高瘦瘦的，行李只一个小小包袱，课讲得深入浅出，很受大家欢迎。湘南的冬天湿冷，他一边讲课一边不断流鼻涕和搓手，脸冻得红红的，还是同学们凑钱给做了件大衣才过的冬。那时候的人，好像更容易相互理解、更珍惜学习的机会。

我们初40班，大概50多个同学，朱干民后来在医学院又和我同班。唐类涵（后改名特凡）第三年转学到衡阳平大中学，就在1944年7月我随校从太平街迁向常宁西乡庄泉的路上，把我接到他家躲鬼子住了三个多月。同班最接近的是丁字湾陈家塅的陈鉴泉（后改名陈汉），他比我大4岁多，文静，写得一手好魏碑，三年级时就结婚了。他待我如弟，那时的我有点淘气，有个礼拜天，他穿着短裤衩午觉，恰巧一只小麻雀窜进屋里，几个人关窗闭户把它捉了，鼓动我把它放进他裤裆里。那小东西东窜西窜，吓得他蹦了起来，引得大家哈哈大笑。事后他没生气，一直对我好，寒暑假回家来校都相约同路，1943年沦陷时假期，我随他和比我高一班的39班同乡郭士琪一起步行绕道衡山后山、攸县、醴陵、湘潭、易俗河到丁字湾对河，是他设法子找了个划子接过河到他家住了一晚的，这四个好友现都已先后作古。班上还有三个女生：黎汉维、喻嗣德、廖则潜，分别是数学名师黎赞唐、英语名师喻子贤和廖六如的千金。那时候封建，男女授受不亲，上课她们坐第一排。尽管近在咫尺、几年在一个屋檐下，后来还一同随校迁移，却绝少打交道，路上碰见，多半是她们低头而过，想起来怪好玩的。

1943年湖南大部沦陷，广益李之透校长带领成百无家可归的孩子和十几个老师，只得从庄泉辗转向更湘东南偏僻的宁远等地迁移流浪，一边弦诵不断。

二

同一个时期，我姐承皓初在长沙城里读明宪女中，因战争迁蓝田、因没钱吃饭被并入国立八中，再被转乾城茶峒师范。二哥承彦随就读的长沙广益34班迁陀市、没钱而转读益阳修业高级农校，为响应抗敌号召"十万青年十万军"，参加青年军205师刘安祺将军部进驻贵阳。抗战胜利后，省教育厅安排姐在长沙荷花池长沙师范继续完成学业，接着保送北师大专修班，后创办长沙教育局顺星桥幼儿园，成为长沙幼教元老，出席全国幼教典型经验交流。哥被保送湖南大学，后成为名校长郡中学高中的优秀教师。他们和我整个中学求学过程、包括上述广益由长沙屡迁陀市、常宁、宁远等地，都是当时湖南省教育厅支持以及当地社会贤达帮助办的。客观地说当时的官民都重视教育和人文。

有意思的是，姐在明宪时自己完全不知情的情况下被全班集体列入"三青团"及哥的爱国参军，解放后都成了历史包袱。"文革"中，姐被降职成工人、拿工人工资直到现在；哥被学校禁闭十多天，鉴于他一直是名校长郡中学高中部优秀老教师，长沙市市长、党委副书记于2018年教师节，专程来看望他，表扬他毕生对国家、对教育做出的贡献。